JÜDISCHE GESCHICHTEN

JIZCHOK LEJB PEREZ

Ein Zwiegespräch

An einem Frühlingstage, einem richtigen warmen Pessachtage, gehen Reb Schachno, ein langer, magerer Jude, der letzte Überrest der alten Kozker Chassidim-Gemeinde, und Reb Sorach, ein ebenso magerer, doch kleingewachsener Jude, der letzte lebende Vertreter der alten Belzer Gemeinde, vor der Stadt spazieren. In ihren jüngeren Jahren waren sie Feinde auf Tod und Leben, denn Reb Schachno war der Anführer der Kozker gegen die Belzer, und Reb Sorach der Anführer der Belzer gegen die Kozker. Doch jetzt, wo sie beide alt geworden sind und die Kozker nicht mehr das sind, was sie früher waren, ebenso wie auch die Belzer ihr früheres Feuer verloren haben, sind sie aus den Parteien ausgetreten und haben die Führerschaft jüngeren Leuten überlassen, die in Glaubenssachen schwächer, sonst aber rüstiger sind als sie.

An einem Wintertage, an der Ofenbank im Bethause haben sie Frieden geschlossen, und nun gehen sie am dritten Pessachfeiertage spazieren. Am weiten, blauen Himmel strahlt die Sonne, aus der Erde sprießen überall Halme, und man kann beinahe sehen, wie bei jedem Grashalme ein Engel steht und ihn zur Eile antreibt. Vögel schießen durch die Luft auf der Suche nach den vorjährigen Nestern. Und Reb Schachno sagt zu Reb Sorach:

»Die Kozker Chassidim, die richtigen Kozker von altem Schrot und Korn – von den heutigen Kozkern spreche ich nicht! – hielten nicht viel von der Haggodo ...«

»Doch um so mehr von den Mazzeknödeln!« lächelt Reb Sorach.

»Lache nicht über die Knödel!« antwortet Reb Schachno sehr ernst. »Lache nicht! Du kennst doch die geheime Bedeutung des Bibelwortes: ›Du sollst den Knecht nicht seinem Herrn überantworten‹?«

»Mir genügt es,« antwortet Reb Sorach stolz und überlegen, »daß ich die Verzückung des Gebets kenne.«

Reb Schachno tut so, als ob er es nicht gehört hätte, und fährt fort:

»Der offenbare Sinn der Worte ist doch klar: wenn ein Knecht, ein Diener, ein Leibeigener seinem Herrn entläuft, darf man ihn, nach dem Gebote der Thora, nicht einfangen; man darf ihn nicht binden und seinem Herrn zurückbringen. Denn wenn ein Mensch entlaufen ist, so konnte er es wohl nicht länger aushalten ... Es handelt sich also einfach um die Rettung einer Menschenseele! Und der verborgene Sinn dieser selben Worte ist ebenso einfach. Der Menschenleib ist ein Knecht, der Knecht der Seele! Der Leib ist ein Lüstling: sieht er ein Stück Schweinefleisch, oder eine fremde Frau, oder irgendeinen Götzendienst, oder ich weiß nicht was, – so will er aus der Haut fahren. Doch die Seele wehrt es ihm und spricht: ›Du sollst nicht sündigen!‹ und er muß sich fügen. Ebenso umgekehrt: will die Seele irgendein göttliches Gebot erfüllen, so muß es der Leib für sie tun, und wenn er noch so müde und zerschlagen ist: die Hände müssen arbeiten, die Füße laufen, der Mund sprechen ... Warum? Weil es ihm sein Herr, das heißt die Seele, befohlen hat. Und dennoch heißt es: ›Du sollst den Knecht nicht seinem Herrn überantworten.‹ Man darf also den Leib nicht ganz an die Seele ausliefern: die flammende Seele würde ihn sonst zu Asche verbrennen, und hätte der Schöpfer Seelen ohne Leiber haben wollen, so hätte er überhaupt keine Welt erschaffen! Darum hat auch der Leib seine Rechte; es steht geschrieben: ›Wer zu viel fastet, ist Sünder‹; denn der Leib muß essen! Wer fahren will, muß seinen Gaul füttern. Kommt irgendein Feiertag, so freue auch du dich, Leib! Nimm einen Schluck Branntwein! Die Seele hat ihre Freude, und auch der Leib hat seine Freude: die Seele erfreut sich am Segensspruch, den man dabei sprechen muß, und der Leib – am Branntwein selbst! Heut ist Pessach, das Fest der Erinnerung an unsere Befreiung aus Ägypten, – komm her, Leib, da hast du einen Mazzeknödel! Und der Leib fühlt sich dadurch gehoben; denn er wird teilhaftig der wahren Freude, die in der Erfüllung eines göttlichen Gebots liegt ... Lache nicht über die Knödel, mein Lieber, lache nicht!«

Reb Sorach muß gestehen, daß die Auslegung tief ist und sich hören lassen kann. Er ißt aber aus Prinzip keinerlei aus Mazzes hergestellte Speisen!

»In diesem Falle hast du deine Freude an der trockenen Mazze selbst ...«

»Wer hat genug Mazzes, um sich satt zu essen? Und wer hat noch Zähne, um sie zu beißen?«

»Wie erfüllst du dann das Gebot: ›An deinen Festen sollst du dich freuen‹ in bezug auf den Leib?«

»Weiß ich? Manchmal hat der Leib Freude an einem Schluck Rosinenwein ... Ich persönlich habe meine größte Freude an der Haggodo selbst. Ich sitze da, lese die Haggodo, zähle die ägyptischen Plagen auf, verdoppele sie und lese sie immer von neuem ...«

»Du roher Kerl!«

»Roher Kerl? Nach so vielen Verfolgungen, die das Volk Israel erlitten, nach so vielen Jahren der Verbannung der göttlichen Majestät aus ihrem Tempel? Ich meine, man hätte einführen sollen, daß die zehn Plagen siebenmal aufgezählt werden ... Daß das Gebet ›Ergieße deinen Zorn, Herr, auf die Völker, die dich nicht anbeten!‹ siebenmal gesprochen wird! Doch vor allen Dingen die ägyptischen Plagen – die machen mir die größte Freude! Ich würde sie am liebsten bei offenen Türen und Fenstern aufzählen: sollen s i e es nur hören! Was habe ich zu fürchten? Die heilige Sprache verstehen sie ja sowieso nicht!«

Reb Schachno wird für eine Weile nachdenklich, und dann beginnt er wie folgt:

»Ich will dir eine Geschichte erzählen, die bei uns passiert ist. Ich will nicht übertreiben – etwa zehn Häuser vom Hause des gottseligen Rabbi entfernt wohnte ein Metzger. Ich will nicht mit dem Munde sündigen; denn der Mann ist schon längst auf jener Welt, – aber der Metzger war ein roher Mensch, nun eben ein echter Metzger. Einen Nacken hatte er wie ein Stier, Augenbrauen wie Borsten und Hände wie Klötze. Und erst seine Stimme! Wenn er sprach, klang es wie ein ferner Donner oder wie wenn Soldaten schießen! Ich glaube sogar, er stammte aus Belz ...«

»Na, na!« brummt Reb Sorach.

»So wahr ich lebe!« erwidert Reb Schachno kaltblütig. »Zu beten pflegte er mit einer besonders wilden Stimme, mit allerlei Nebengeräuschen. Bei manchen Gebeten klang es, wie wenn man Wasser ins Feuer schüttet ...«

»Das kannst du dir schenken!«

»Nun stelle dir vor, was für einen Lärm es gibt, wenn sich so ein Kerl an den Pessachtisch setzt und die Haggodo liest! In der Wohnung des Rabbi hört man jedes Wort! Nun, ein Metzger ist eben ein Metzger. Alle Tischgenossen beim Rabbi lachen. Und selbst der Rabbi, seligen Angedenkens, bewegt leise die Lippen, und man sieht, daß er lächelt. Doch später, als der Bursche anfing, die Plagen aufzuzählen, als sie ihm aus dem Maule herausflogen wie Flintenkugeln, als er bei jeder Plage mit der Faust auf den Tisch hämmerte, so daß die Weinbecher klirrten, – wurde der Rabbi, sein Andenken sei gesegnet, sehr traurig ...«

»Traurig? Am Feiertage, am heiligen Pessachfeste – traurig? Was redest du da?«

»Man fragte ihn auch nach der Ursache.«

»Und was gab er für eine Antwort?«

»Auch der Schöpfer der Welt, sagte er, ist beim Auszuge Israels aus Ägypten traurig gewesen.«

»Wo hat er das her?«

»Es steht in einem Midrasch! Als die Kinder Israels durch das Meer gezogen waren und das Meer zurückfloß und Pharao mit seinem ganzen Heere bedeckte und ertränkte, fingen die Engel zu singen an, die Seraphim flogen, und die Räder, auf denen Gottes Thron ruht, rollten durch alle sieben Himmel, jauchzend ob der guten Botschaft. Und die Gestirne und Sternenbilder fingen zu tanzen an! Du kannst dir denken, was für eine Freude es war, als es hieß: Die ganze Unreinheit ist ins Meer versunken! Doch der Schöpfer der Welt gebot allen Ruhe und sprach von seinem Throne herab: ›Meine Kinder ertrinken im Meere, und ihr singt und tanzt?‹ Denn Pharao und sein ganzes Heer und selbst alle Unreinheit – sind Gottes Geschöpfe ... ›Und der Herr erbarmte sich seiner Schöpfung‹ – so steht es geschrieben!«

»Von mir aus ...«, seufzt Reb Sorach. Nach einer Weile fragt er:

»Und wenn das schon in einem Midrasch steht, was hat da dein Rabbi Neues entdeckt?«

Reb Schachno bleibt stehen und sagt sehr ernst:

»Erstens, du Belzer Narr, ist niemand verpflichtet, neue Auslegungen zu geben: in der Thora gibt es nichts Neues und nichts Altes, das Neue ist alt, und das Alte neu. Zweitens wird damit erklärt, warum es Sitte ist, die ganze Haggodo mit einer traurigen Melodie zu singen. Und drittens verstehen wir jetzt den

Vers: ›Israel soll sich nicht erfreuen nach der Art der anderen Völker.‹ Deine Freude soll nicht roh sein! Du bist doch kein Bauer! Rachlust ist kein jüdisch Ding!«

Wenn nicht noch höher!

Und der Rebbe von Nemirow pflegte alljährlich um die Selichoszeit jeden Morgen zu verschwinden.

Er war nirgends zu finden: weder in der Schul, noch in den beiden Lehrhäusern, noch in einem der Betzirkel; und bei sich zu Hause schon ganz gewiß nicht. Seine Wohnung stand offen; jeder, wer nur wollte, konnte hineingehen; gestohlen wurde beim Rebben n i e m a l s . Doch in der Wohnung war keine Menschenseele.

Wo kann der Rebbe sein?

Wo soll er sein? Selbstverständlich im Himmel! Hat denn so ein Rebbe vor den Schrecklichen Tagen wenig auszurichten? Juden brauchen, unberufen, Lebensunterhalt, Frieden, Gesundheit, gute Partien für die Kinder; sie wollen gut und fromm sein, doch die Sünden sind groß, und der Satan durchschaut mit seinen tausend Augen die Welt von einem Ende bis zum anderen und sieht alles und zeigt jede Kleinigkeit an … Und wer soll helfen, wenn nicht der Rebbe?

So dachte sich die ganze Gemeinde.

Einmal kommt aber in die Stadt ein Litwak. Er lacht! Ihr wißt doch, was ein Litwak ist: von Andachtsbüchern hält er gar nichts, dafür stopft er sich den Kopf mit Talmudabschnitten und Bibelstellen voll. Und dieser Litwak weist aus dem Talmud nach – er sticht einem damit förmlich die Augen aus –, daß selbst Moses bei Lebzeiten kein einziges Mal in den Himmel kam, sondern stets zehn Handbreiten unter dem Himmel zurückblieb! Geh einer und streite mit einem Litwak!

»Wo kommt also der Rebbe hin?«

»Meine Sorge!« antwortet er und zuckt die Achsel; und wie er das sagt, faßt er schon den Entschluß – was ein Litwak nicht alles kann! – der Sache auf den Grund zu gehen.

Noch am selben Abend, bald nach dem Abendgebet, stiehlt sich der Litwak ins Zimmer des Rebben hinein, kriecht unter des Rebben Bett und liegt. Er will die Nacht durchwachen und sehen, was der Rebbe vor Morgengrauen, wenn die Leute zu den Selichos gehen, anfängt.

Jemand anderer an seiner Stelle würde einschlummern und die Zeit verschlafen; doch ein Litwak weiß immer Rat: um sich wach zu halten, nimmt er im Kopfe einen ganzen Talmudabschnitt durch; ich weiß nicht mehr, ob es der Abschnitt »Von den Schlachtungen« oder der »Von den Gelübden« war.

Vor Morgengrauen hört er, wie man an die Läden klopft, um die Leute zum Gebet zu rufen.

Der Rebbe war schon lange wach. Der Litwak hörte ihn schon seit einer Stunde seufzen.

Jeder, der den Nemirower Rebben nur einmal seufzen hörte, weiß, welche Trauer um das ganze Volk Israel, welche Seelenqual in jedem seiner Seufzer steckt … Es wird einem ganz bange ums Herz, wenn man ihn seufzen hört! Ein Litwak hat aber doch ein Herz aus Eisen: er hört zu und bleibt ruhig liegen! So liegen sie beide: der Rebbe – leben soll er! – a u f dem Bett, der Litwak u n t e r dem Bett.

Etwas später hört der Litwak, wie im ganzen Hause die Betten zu knarren beginnen, wie die Hausleute aufstehen, wie hie und da ein jüdisches Wort fällt; wie das Wasser in die Waschbecken fließt, und wie die Türen auf- und zugemacht werden … Dann verlassen alle das Haus; es wird wieder still; im Zimmer ist es finster; nur ein schwacher Mondstrahl dringt durch einen Spalt im Laden …

Später gestand der Litwak, daß, als er allein mit dem Rebben geblieben war, ihn ein Grauen befallen hatte. Es überlief ihn heiß und kalt vor Angst, und die Wurzeln seiner Schläfenlocken stachen ihn wie Nadeln.

Es ist doch wirklich keine Kleinigkeit: mit dem Rebben allein, beim Morgengrauen in der Selichoszeit!…

Ein Litwak ist aber starrköpfig: er zittert wie ein Fisch im Wasser und – liegt!

Endlich steht der Rebbe auf …

Zunächst wäscht er sich und verrichtet alles, was ein Jude am Morgen verrichten muß. Dann geht er zum Schrank und holt ein Bündel hervor; im Bündel sind Bauernkleider: ein Paar Leinenhosen,

Schaftstiefel, ein Bauernrock, eine große Pelzmütze und ein breiter, mit Messingnägeln verzierter Ledergurt.

Und der Rebbe zieht alle die Kleider an.

Aus der Rocktasche hängt das Ende eines dicken Bauernstrickes heraus.

Der Rebbe geht aus dem Zimmer, der Litwak geht ihm nach.

Der Rebbe geht in die Küche, bückt sich, holt unter dem Bett eine Axt hervor, steckt sie sich hinter den Gurt und verläßt das Haus.

Der Litwak zittert, bleibt aber nicht zurück.

Ein stilles Grauen, das Grauen der Selichoszeit lagert über den dunklen Gassen. Hie und da dringt der Aufschrei eines Betenden aus einem der Betzirkel oder das Stöhnen eines Kranken aus einem Fenster .. Der Rebbe schleicht an den Mauern entlang, immer im Schatten der Häuser ... So schwimmt er aus einem Schatten in den anderen, und der Litwak schwimmt ihm nach ...

Und der Litwak hört, wie das laute Pochen seines eigenen Herzens sich mit den schweren Tritten des Rebben vermengt. Er bleibt aber trotzdem nicht zurück und gelangt zusammen mit dem Rebben vor die Stadt.

Vor der Stadt gibt es ein Wäldchen.

Der Rebbe – leben soll er! – geht ins Wäldchen. Nach dreißig, vierzig Schritten bleibt er vor einem jungen Baum stehen. Der Litwak sieht mit Bestürzung, wie der Rebbe die Axt aus dem Gürtel zieht und auf den Baumstamm einschlägt.

Er sieht, wie der Rebbe immer wieder ausholt; er hört, wie der Baum ächzt und knackt. Der Baum fällt, und der Rebbe spaltet den Stamm in Klötze, dann die Klötze in Späne. Dann macht er aus den Spänen eine Tracht Holz, umbindet sie mit dem Strick, den er in der Tasche hatte, lädt sie sich auf den Rücken, steckt die Axt wieder in den Gürtel und geht zur Stadt zurück.

In der hintersten Gasse bleibt er vor einem kleinen, halb eingefallenen Häuschen stehen und klopft ans Fenster.

»Wer klopft?« fragt eine erschrockene Stimme aus dem Häuschen. Der Litwak erkennt, daß es die Stimme einer Jüdin, einer kranken Jüdin ist.

»Ich bin es!« antwortet der Rebbe auf kleinrussisch.

»Wer bist du?« fragt wieder die Frauenstimme.

»Wassil!« antwortet der Rebbe.

»Was für ein Wassil? Und was willst du, Wassil?«

»Ich habe Holz zu verkaufen!« sagt der angebliche Wassil. »Sehr billig, so gut wie umsonst!«

Und ohne die Antwort abzuwarten, tritt der Rebbe ins Haus.

Der Litwak schleicht ihm nach und sieht im fahlen Morgenlichte eine ärmliche Stube, zerbrochenes Hausgerät ... Im Bette liegt eine kranke Jüdin, in Lumpen gehüllt, und sie spricht mit erbitterter Stimme:

»Kaufen? Womit soll ichs kaufen? Wo soll ich arme Witwe Geld hernehmen?«

»Ich will es dir borgen!« antwortet der falsche Wassil. »Es sind im ganzen sechs Groschen!«

»Wie soll ich sie dir bezahlen?« stöhnt die arme Jüdin.

»Törichte Frau!« spricht der Rebbe vorwurfsvoll. »Sieh: du bist arm und krank, und ich traue dir das bißchen Holz: i c h   v e r t r a u e dir, daß du es mir bezahlen wirst. Und du hast einen so großen, so starken Gott und vertraust ihm nicht ... Du traust ihm nicht einmal die dummen sechs Groschen für eine Tracht Holz!«

»Und wer wird einheizen?« stöhnt die Witwe. »Habe ich denn die Kraft aufzustehen? Mein Sohn ist schon fort auf die Arbeit.«

»Ich will auch einheizen,« sagt der Rebbe.

Und während er das Holz in den Ofen legte, sprach der Rebbe stöhnend den ersten Abschnitt der Selichos …

Und als er Feuer gemacht, und das Holz lustig zu flackern begann, sprach er, schon etwas lustiger, den zweiten Abschnitt …

Und den dritten Abschnitt sprach er, als das Holz richtig brannte und er das Ofenblech schloß …

Der Litwak, der das alles gesehen, wurde von nun an Nemirower Chassid.

Und sooft später jemand erzählte, daß der Nemirower Rebbe alljährlich zur Selichoszeit jeden Morgen die Erde verlasse und in den Himmel fliege, lachte der Litwak nicht mehr, sondern fügte still hinzu:

»Wenn nicht noch höher!«

Die Kabbalisten

Laschtschower Jeschiwo schließlich nichts übriggeblieben als der Rosch-Jeschiwo Reb Jekel und ein einziger Schüler.

Der Rosch-Jeschiwo ist ein alter, hagerer Mann mit langem, zerzaustem Bart und erloschenen Augen. Lemech, sein einziger Schüler, ist ein langer, schmächtiger Jüngling mit blassem Gesicht, schwarzen Schläfenlocken, schwarzen, meistens gesenkten Augen, trockenen Lippen und einer spitz hervortretenden, zitternden Gurgel. Beide tragen geflickte Röcke, die vorn offen stehen und den nackten Leib – denn sie haben keine Hemden an – sehen lassen. Der Rosch-Jeschiwo schleppt mit großer Mühe ein Paar schwere Bauernstiefel; dem Schüler fallen seine viel zu großen Stadtschuhe von den bloßen Füßen; denn er hat keine Socken.

Das ist alles, was von der einst so berühmten Jeschiwo übriggeblieben ist!

Die verarmten Einwohner des Städtchens schickten immer weniger Essen und luden die Schüler immer seltener zu Mahlzeiten ein. Darum verzogen sich die armen Schüler nach anderen Städten. Reb Jekel will aber hier sterben, und sein Schüler will ihm die Scherben auf die Augen legen.

Sie beide müssen viel hungern. Und wenn man wenig ißt, schläft man auch wenig. Und nach schlaflosen Nächten und vielen Hungertagen bekommt man Lust zur Kabbala!

Wenn man schon ganze Nächte durchwacht und tagelang hungert, so will man davon wenigstens einen Nutzen haben: durch Fasten und Kasteiungen kann man ja erreichen, daß sich alle Tore der Welt öffnen und alle Geheimnisse, Engel und Geister offenbar werden!

So beschäftigen sich die beiden seit längerer Zeit mit der Kabbala.

Sie sitzen an einem langen Tisch in der leeren Stube. Bei den anderen Juden ist es schon nach dem Essen, doch bei den beiden noch vor dem Frühstück. Sie sind es aber gewohnt. Der Rosch-Jeschiwo hat seine Augen halb geschlossen und redet; der Schüler hält den Kopf in beide Hände gestützt und lauscht.

»Es gibt darin«, sagt der Rosch-Jeschiwo, »vielerlei Stufen der Vervollkommnung: einer kennt ein Stückchen, ein anderer die Hälfte, und ein dritter die ganze Melodie. Der Rebbe, seligen Angedenkens, kannte zum Beispiel die ganze Melodie, sogar mit einem Nachspiel. – Und ich«, fügt er traurig hinzu, »bin nur der Gnade teilhaftig geworden, ein ganz kleines Stückchen zu kennen – kaum so groß …«

Er mißt auf seinem dürren Finger ein winziges Endchen ab und fährt fort:

»Es gibt Melodien, die Worte haben müssen … Das ist die niedrigste Stufe. Und es gibt eine höhere Stufe: die Melodie braucht keine Worte; sie wird ohne Worte gesungen, als reine Melodie … Aber auch diese Melodie bedarf einer Stimme und braucht Lippen, durch die sie dringt! Und Lippen sind – du verstehst mich doch? – etwas Körperliches. Daher ist auch die Stimme, wenn auch eine edle Form des Körperlichen, aber immerhin etwas Körperliches! Nehmen wir an, daß die Stimme auf der Grenze zwischen Geistigem und Körperlichem steht!

»Doch in jedem Falle ist die Melodie, die der Stimme bedarf und von den Lippen abhängt, noch nicht ganz rein, nicht ganz geistig!

»Die richtige, höchste Melodie wird aber ganz ohne Stimme gesungen … Sie tönt im Innern des Menschen, in seinem Herzen, in allen Gliedern. So sind die Worte des Königs David zu verstehen: ›Alle meine Gebeine lobpreisen Gott!‹ Im Marke der Knochen muß es tönen, und das ist das schönste Loblied auf den Herrn, gesegnet sei sein Name! Denn eine solche Melodie ist nicht von einem Wesen aus Fleisch und Blut erfunden. Sie ist ein Teil jener Melodie, mit der Gott die Welt erschaffen hat, ein Teil der Seele, die er ihr eingegeben hat … So singen die himmlischen Heerscharen!…«

Der Vortrag wurde unterbrochen durch das Erscheinen eines zerlumpten Burschen mit einem Strick um die Lenden. Er trat in die Stube, stellte auf den Tisch vor den Rosch-Jeschiwo eine Schüssel Grütze, legte ein Stück Brot dazu und sagte mit roher Stimme:

»Reb Tewel schickt dem Rosch-Jeschiwo sein Essen!« Und bei der Tür wandte er sich noch einmal um und fügte hinzu: »Ich komme später die Schüssel holen!«

Durch die Stimme des Burschen aus den himmlischen Harmonien gerissen, stand der Rosch-Jeschiwo mühselig auf und schleppte sich in seinen schweren Stiefeln zum Wassergefäß bei der Tür, um sich die Hände zu waschen. Im Gehen sprach er weiter, doch mit weniger Inbrunst als vorhin, und der Schüler verfolgte ihn von seinem Platze aus mit leuchtenden Augen und lauschenden Ohren.

»Ich bin aber nicht einmal für würdig befunden,« sagt traurig der Rosch-Jeschiwo, »zu wissen, auf welcher Stufe dieses erreicht werden kann, bei welchem Tor des Himmels ... Weißt du,« gibt er lächelnd zu, »die nötigen Kasteiungen und Betübungen kenne ich wohl, und ich werde sie dir, vielleicht noch heute, mitteilen!«

Dem Schüler springen schier die Augen heraus, er sitzt mit offenem Munde da und fängt jedes Wort des Meisters mit Gier auf. Doch der Meister bricht ab ... Er wäscht sich die Hände, trocknet sie ab, spricht die vorgeschriebene Gebetformel, geht zurück zum Tisch und spricht mit bebenden Lippen das Gebet über den Bissen Brot.

Und er ergreift mit zitternden Händen die Schüssel, und der warme Dampf verdeckt sein ausgemergeltes Gesicht. Dann setzt er die Schüssel wieder auf den Tisch, nimmt mit der Rechten den Löffel und wärmt die Linke am Rande der Schüssel. Dabei zerkaut er mit seinem zahnlosen Munde langsam den Bissen Brot, über den er das Gebet gesprochen hat.

Als Gesicht und Hände warm geworden sind, legt er seine Stirn in Falten, spitzt die dünnen blauen Lippen und beginnt zu blasen. Der Schüler starrt ihn unverwandt an. Doch als die zitternden Lippen des Greises dem ersten Löffel Grütze entgegeneilen, packt ihn etwas am Herzen: er bedeckt sein Gesicht mit den Händen und schrumpft gleichsam ein.

Nach einer Weile kam ein anderer Bursche, ebenfalls mit einer Schüssel Grütze und einem Stück Brot, und sagte:

»Reb Jojssef schickt dem Schüler sein Frühstück!«

Doch der Schüler zog die Hände vom Gesicht nicht fort. Der Rosch-Jeschiwo legte seinen Löffel weg und ging an den Schüler heran. Einige Zeit betrachtete er ihn mit Stolz und Liebe, dann berührte er seine Schulter:

»Man hat dir Essen gebracht!« weckte er ihn mit freundlicher Stimme.

Der Schüler nahm seine Hände langsam und unwillig vom Gesicht weg. Das Gesicht war noch blasser geworden, und die Augen brannten noch unheimlicher.

»Ich weiß, Rebbe!« antwortete er. »Doch ich werde heute nicht essen.«

»Den vierten Tag fasten?« fragte der Rosch-Jeschiwo erstaunt. »Und ohne mich?« fügte er etwas beleidigt hinzu.

»Es ist ein eigener Fasttag,« antwortete der Schüler. »Ich faste heute zur Buße ...«

»Was redest du? Wie kommst du zur Buße?«

»Gewiß, Rebbe! Ich muß büßen ..., weil ich vor einem Augenblick, als Ihr zu essen begannt, gegen das Gebot ›Laß dich nicht gelüsten‹ sündigte!«

In der folgenden Nacht weckte der Schüler den Lehrer. Die beiden schliefen einander gegenüber auf Bänken in der Lehrstube.

»Rebbe, Rebbe!« rief der Schüler mit schwacher Stimme.

»Was ist?« Der Rosch-Jeschiwo erwachte und erschrak.

»Ich war soeben auf dem höchsten Gipfel ...«

»Wieso?« fragt der Rosch-Jeschiwo, noch etwas verschlafen.

»Es hat i n m i r gesungen!«

»Wieso? Wieso?«

»Das weiß ich selbst nicht, Rebbe,« antwortete der Schüler kaum hörbar. »Ich konnte nicht einschlafen und vertiefte mich in Euren Vortrag ... Ich wollte um jeden Preis jene Melodie kennen lernen

… Und vor großem Kummer, daß ich es nicht konnte, fing ich zu weinen an … Alles weinte in mir, alle meine Glieder weinten vor dem Schöpfer der Welt! Und dabei machte ich die Gebetübungen, die Ihr mich gelehrt habt, doch seltsam: nicht mit dem Munde, sondern tief im Innern! Und plötzlich wurde es so hell. Ich hielt die Augen geschlossen, und doch war es um mich hell, sehr hell, blendend hell …«

»Recht so!« sagte der Alte, sich vorbeugend.

»Und vor dieser Helle wurde mir so gut, so leicht … Es war mir, als ob ich keine Schwere mehr hätte, als ob mein Leib jedes Gewicht verloren hätte und fliegen könnte …«

»Recht so!«

»Dann wurde es mir so lustig, so lebendig zumute … Mein Gesicht blieb unbeweglich, meine Lippen rührten sich nicht, und doch lachte ich … Lachte so gut, so herzlich, so fröhlich …«

»So, so! Ganz recht: in höchster Freude …«

»Dann summte etwas in mir, wie der Anfang einer Melodie …«

Der Rosch-Jeschiwo sprang von seiner Bank auf und war mit einem Satz beim Schüler.

»Und weiter?«

»Und weiter fühlte ich, wie es in mir zu singen anfing …«

»Was hast du dabei gefühlt? Was? Was? Sag!…«

»Ich fühlte, daß alle meine Sinne geschlossen und verstopft sind, und in mir inwendig etwas singt … Ganz wie es sich gehört: ohne Worte und ohne Töne, so …«

»Wie? Wie?«

»Nein, ich kann es nicht … Früher konnte ich es noch … Dann wurde aus dem Singen …«

»Was wurde aus dem Singen? Was?«

»Eine Art Musik … Gleich als ob ich in mir eine Geige hätte, oder als ob in meinem Innersten der Spielmann Jojne säße und eines der Stücke spielte, die er beim Rabbi an der Tafel spielt! Es klang aber noch viel schöner, edler, trauriger! Und alles ohne Töne, ganz ohne Töne, rein geistig …«

»Wohl dir! Wohl dir! Wohl dir!«

»Und nun ist alles weg!« sagt der Schüler sehr traurig. »Meine Sinne sind wieder erwacht, und ich bin so müde, so furchtbar müde, daß ich …«

»Rebbe!« schreit er plötzlich auf, sich an die Brust greifend. »Rebbe, sprecht mir das Sterbegebet vor! Man ist mich holen gekommen! Sie brauchen dort oben einen neuen Chorjungen! Ein Engel mit weißen Flügeln… Rebbe! Rebbe! Schma Ißroel! Schma …«

Das ganze Städtchen wünschte sich einen solchen Tod. Doch dem Rosch-Jeschiwo war es zu wenig.

»Noch einige Fasttage,« seufzte er, »und er wäre noch ganz anders gestorben: durch einen Kuß von Gottes Munde!«

Berl der Schneider

Erew Jom-Kippur – Vorabend des Versöhnungstages – in der Berditschewer Schul. Es senkt sich die Nacht. Die alten Leute haben bereits vor dem Thoraschreine das Gebet: »Mit Wissen des Schöpfers und mit Wissen der Schöpfung …« gesprochen und sind auf ihre Plätze zurückgekehrt. Rabbi Levi-Jizchok steht am Vorbeterpult: er soll das Kol-Nidrej anstimmen, doch er schweigt.

Alle Blicke hängen an seinem Rücken. In der Weiberabteilung ist es still wie auf dem Meere vor dem Sturme. Vielleicht wird er zuvor, wie er das schon manchmal tat, einige Worte sprechen, wird sich in der gemeinen Volkssprache mit dem Schöpfer der Welt auseinandersetzen, wie ein Mensch mit seinem Nächsten spricht.

Aber Rabbi Levi- Jizchok steht, in Kittel und Gebetmantel gehüllt, vor dem Pulte und schweigt.

Was hat das zu bedeuten?

Sind die Tore des Gebets zu einer so späten Stunde noch geschlossen? Hat Rabbi Levi-Jizchok nicht die Kraft anzuklopfen? Er hält seinen Kopf etwas geneigt, wie lauschend; lauscht er, ob man die Tore nicht schon aufschließt?

Und plötzlich wendet sich Rabbi Levi-Jizchok um und ruft:

»Schuldiener!«

Der Schuldiener eilt zu ihm hin, und der Rabbi fragt:

»Ist Berl der Schneider noch nicht da?«

Die Gemeinde ist vor Erstaunen wie versteinert. Der Schuldiener stammelt: »Ich weiß nicht …« und sieht sich um. Auch Rabbi Levi-Jizchok mustert die Anwesenden.

»Nein, er ist noch nicht da!« sagt er schließlich. »Ist zu Hause geblieben.« Und dann wendet er sich wieder zum Schuldiener:

»Geh zu Berl dem Schneider ins Haus und ruf ihn her! Ich, Levi-Jizchok, der Rabbi der Stadt, ließe ihn rufen!«

Berl der Schneider wohnt in der Schulgasse, nicht weit vom Bethause. Und er kommt auch sehr bald, ohne Kittel und Gebetmantel, in Werktagskleidern. Sein Gesicht ist finster, seine Augen sind böse und erschrocken zugleich. Er geht auf Rabbi Levi-Jizchok zu und sagt:

»Ihr habt mich rufen lassen, Rabbi, so bin ich zu E u c h gekommen.«

Er betont: »Zu Euch«.

»Sag einmal, Berele,« fragt der Rabbi lächelnd, »warum wird heute dort oben von dir so viel gesprochen? Die himmlischen Heerscharen sind nur mit dir allein beschäftigt. Man hört nichts als: Berl der Schneider und Berl der Schneider!«

»Aha!« triumphiert Berl.

»Hast du irgendeine Beschwerde vorzubringen?«

»Gewiß!«

»Gegen wen denn, Berele?«

»Gegen den Schöpfer der Welt!« antwortet Berl.

Die Gemeinde hätte ihn in Stücke gerissen. Doch Rabbi Levi-Jizchok lächelt noch freundlicher.

»Vielleicht wirst du uns erzählen, um was es sich handelt?«

»Gerne!« sagt Berl. »Von mir aus kann die Sache sogar gleich hier von Euch entschieden werden. Darf ich sprechen?«

»Sprich!«

»Den ganzen Sommer lang«, beginnt Berl der Schneider seine Anklage, »habe ich, nicht auf Euch gesagt, Rabbi, gar keine Arbeit gehabt … Weder von einem Juden, noch von einem Bauern. Ich könnte mich einfach hinlegen und sterben, so schlecht ging es mir!«

»Ach!« zweifelt der Rabbi: »Der Same Abrahams, Isaaks und Jakobs ist doch mildtätig, – du hättest auf die Barmherzigkeit der Leute vertrauen sollen!«

»Darum handelt es sich nicht, Rabbi. Ich sage niemandem ein Wort und nehme von niemandem etwas an.«

Von einem Geschöpf aus Fleisch und Blut nimmt er keine Geschenke an. Er hat vor dem Schöpfer der Welt die gleichen Rechte wie die andern Leute. Das einzige, was er getan hat – er hat seine Tochter in eine größere Stadt zu fremden Menschen dienen geschickt. Und er sitzt allein zu Hause und wartet, was der Schöpfer mit ihm zu tun beschließt.

Einmal vor dem Laubhüttenfeste geht die Tür auf. Aha! Nun hat er es doch erlebt. Und in der Tat, es ist ein Bote vom Gutsherrn: Berl soll ihm einen Mantel mit Pelz füttern. Der Schöpfer will also doch um ihn sorgen! Er geht aufs Schloß, man führt ihn in ein eigenes Zimmer und übergibt ihm den Mantel und die Felle.

»Hättet Ihr nur die Felle gesehen, Rabbi! Die schönsten Fuchsfelle, die es nur gibt!«

Es ist aber die höchste Zeit zum Kol Nidrej-Gebet. Darum sucht der Rabbi die Erzählung abzukürzen:

»Also kurz und gut, du hast den Mantel gefüttert und warst fertig. Was geschah dann?«

»Eine Kleinigkeit geschah: drei Felle blieben mir übrig.«

»Und die hast du eingesteckt?«

»Das ist leichter gesagt, Rabbi, als getan! Denn wenn man aus dem Schlosse kommt, steht vor dem Tore ein Wächter, und wenn dieser Verdacht hat, so durchsucht er die Kleider und zwingt sogar einen, die Stiefel auszuziehen. Und findet man bei mir, Gott behüte, die Felle, so hat der Gutsherr böse Hunde und Reitknechte …«

»Was tatest du nun?«

»Bin ich aber doch Berl der Schneider! Ich gehe in die Küche und bitte, daß man mir ein Brot schenkt.«

»Christenbrot, Berele!«

»Nicht zum Essen brauchte ich es, Rabbi! Man schenkt mir einen großen Laib. Ich gehe damit in das Zimmer, wo ich genäht habe, schneide das Brot auf, höhle die Hälften aus, rolle das Weiche, das ich herausgenommen, so lange in den Händen herum, bis es den Geruch vom Schweiß annimmt, und werfe es dem Hunde vor, der in dem Zimmer liegt. Hunde lieben Menschenschweiß. Und die drei Fuchsfelle stecke ich in den Laib und gehe. Am Tore hält man mich an: Was trägst du, Jude, unterm Arm? Ich zeige den Brotlaib her, und man läßt mich gehen. Etwas weiter beginne ich schon zu laufen. Ich gehe nicht durch die Landstraße, sondern nehme den kürzeren Feldweg.

»So gehe ich und hüpfe beinahe vor Freude: Nun werde ich zum Laubhüttenfest einen eigenen Palmenzweig haben und einen eigenen Paradiesapfel! Nichts von der Gemeinde Geborgtes … So schöne Fuchsfelle!…

»Da erzittert unter mir die Erde … Ich weiß schon, was das ist: ein Reiter jagt mir nach! Das Blut erstarrt in mir. Sie haben wohl die Felle nachgezählt … Entrinnen kann ich nicht: es ist doch ein Reiter, und dazu noch auf einem von den Pferden des Gutsherrn! Ich werfe sofort den Brotlaib in die Stoppeln und merke mir die Stelle, mache mir für alle Fälle ein Zeichen. Und schon höre ich, wie man mich ruft: Berl! Berl! – Ich erkenne die Stimme: es ist wirklich der Reitknecht vom Gutshof. Alle Glieder zittern mir, Rabbi! Meine Seele sitzt mir in den Fußknöcheln … Ich wende mich aber um und gehe dem Reiter entgegen.

»Nun stellt sich heraus, der ganze Schreck war umsonst: ich hatte vergessen, an den Pelzmantel ein Hängsel anzunähen. Darum hatte man mir den Reiter nachgeschickt. Der Reiter setzt mich hinter sich aufs Pferd, und schon reiten wir zurück.

»Ich danke Gott für die Rettung, nähe das Hängsel an und gehe. Doch wie ich zu der bewußten Stelle komme, ist der Brotlaib nicht mehr da! Die Felder sind längst abgemäht, kein Menschenkind kommt da vorbei, und kein Vogel in der Welt hat die Kraft, eine solche Last wegzuschleppen … Es ist also klar, wer das getan hat …«

»Wer?« fragt Rabbi Levi-Jizchok.

»Er!« antwortet Berl der Schneider und deutet mit dem Finger nach oben. »Der Schöpfer der Welt! Sein Werk ists! Und ich weiß, Rabbi, warum er das getan hat: Er, der große Herr, will nicht dulden, daß ich, Berl der Schneider, mir nach Schneiderart einen Rest aneigne …«

»Es stimmt ja auch,« sagt Rabbi Levi-Jizchok mild: »Nach dem Gesetz …«

»Ach was, Gesetz!« ereifert sich Berl. »Der Brauch bricht ein Gesetz. Nicht ich habe den Brauch eingeführt; er stammt von uralten Zeiten!«

»Und wenn schon der Schöpfer der Welt,« fährt er fort, »der große und stolze Herr nicht will, daß ich, Berl der Schneider, der ärmste Knecht von allen Knechten, die ihm dienen, mir einen Rest aneigne, so soll er mir Arbeit verschaffen, so soll er mir, wie jeder andre Herr, Gehalt zahlen! Aber er duldet nicht das eine und gibt mir nicht das andre. Nun will ich ihm, dem Schöpfer der Welt, nicht länger dienen. Ich habe es gelobt! Es ist aus!«

Durch die Gemeinde geht eine Bewegung. Drohende Hände erheben sich. Man will auf den Schneider losstürzen. Doch Rabbi Levi-Jizchok gebietet Ruhe. Es wird wieder still, und der Rabbi fragt gütig:

»Und was geschah weiter, Berl?«

»Nichts! Ich komme nach Hause und esse, ohne zuvor die Hände zu waschen. Mein Weib will mich zur Rede stellen – ich schlage sie ins Gesicht. Ich lege mich zu Bett und spreche nicht das Abendgebet. Meine Lippen wollen von selbst ›Höre Israel!‹ sprechen, doch ich beiße sie mit den Zähnen. Und am Morgen: weder Segensspruch, noch Handwaschung, noch Morgengebet: Er soll mir zu essen geben! Mein Weib rennt aus dem Hause ins Dorf zu ihrem Vater, dem Pächter. Also bleibe ich ohne Weib! Es ist mir sogar lieber so: ich bin ja Berl der Schneider, doch sie ist nur ein schwaches jüdisches Weib, – soll sie lieber damit nichts zu tun haben. Und ich tue das meinige: am Laubhüttenfest weder Laubhütte, noch Palmenzweig. An den Festtagen spreche ich keinen Segensspruch über den Wein, und am Simchas-Tojre-Tag, an dem uns die Thora gegeben wurde, ziehe ich mir, wie Mordechai nach Hamans Mordbeschluß, zum Zeichen der Trauer einen Sack an!

»Und wie die Zeit vor dem Neujahrsfeste kommt, wenn man jede Nacht ins Bethaus geht, um Bußgebete zu sprechen, da wird es mir schon etwas bange: der Schuldiener klopft jede Nacht ans Fenster, um mich zu wecken, und mein Herz klopft auch. Es zieht mich hin … Aber ich bin ja Berl der Schneider und halte mein Wort! Ich ziehe mir die Bettdecke über den Kopf und gebe nicht nach. Dann kommt das Neujahrsfest – ich rühre keinen Finger. Und wenn die Stunde kommt, wenn man Schojfer bläst, stopfe ich mir Werg in die Ohren … Das Herz will mir aus dem Leibe springen, Rabbi! Ich habe vor mir selbst Ekel: ich bin ungewaschen und trage schmutzige Werktagskleider. Ein kleiner Spiegel hängt bei mir in der Stube – ich kehre ihn um zur Wand, ich will mich nicht sehen! Und wie ich höre, daß die Gemeinde zum Flusse geht, um die Sünden ins Wasser abzuschütteln …«

Er verstummt für eine Weile und ruft dann aus:

»Aber recht habe ich, Rabbi! Und ohne was zu erreichen, will ich nicht nachgeben!«

Rabbi Levi-Jizchok denkt eine Weile nach und fragt:

»Was willst du also, Berl? Willst du Arbeit und Verdienst?«

»Ich spucke auf Verdienst!« erwiderte Berl beleidigt. »Verdienst hätte ich v o r h e r haben sollen! Auf Verdienst hat jedermann Anrecht! Der Vogel in der Luft, der Wurm in der Erde – sie alle haben ihr Auskommen. Verdienst ist etwas Selbstverständliches. Jetzt will ich mehr!«

»Sag doch, Berl, was du willst!«

»Ist es wahr, Rabbi, daß am Jom-Kippur nur die Sünden des Menschen gegen Gott verziehen werden?«

»So ist es!«

»Und die Sünden des Menschen gegen seinen Nächsten nicht?«

»Nein.«

Berl der Schneider richtet sich auf und sagt laut und bestimmt:

»Also werde ich, Berl der Schneider, nur dann nachgeben und wieder in den Dienst des Schöpfers der Welt treten, wenn er mir zuliebe an diesem Jom-Kippur auch die andern Sünden verzeiht! Habe ich nicht recht, Rabbi?«

»Du hast recht!« erwidert der Rabbi. »Bleibe nur dabei – man wird dir schon nachgeben müssen …«

Und er wendet sich wieder zum Betpult, richtet den Kopf in die Höhe, lauscht hinauf und verkündet nach einer Weile:

»Du hast es durchgesetzt, Berl! Nun schnell nach Haus, hole Kittel und Gebetmantel!«

Der das Leben gibt, gibt auch wovon zu leben

Eine Geschichte von Jojchenen dem Melamed

I

Vorrede. Ich entschuldige mich und bekenne meine Ansicht, daß es in der Welt keinen Unglauben gibt.

Meine Herren! Ich, Jojchenen der Melamed, will euch eine Geschichte erzählen. Und die Geschichte, die ich euch erzählen will, ist wie ein Rädchen in einem Rade: eine Geschichte in einer anderen Geschichte.

Beide Geschichten habe ich nicht erfunden oder, wie man sagt, aus den Fingern gesogen. Ich bin, gottlob, kein Schreiber. Ich erzähle sie euch ganz einfach, ohne Salz und Schmalz; Wortgeklingel lieb ich nicht … Wer die Wahrheit sagt, braucht keine Kunstgriffe, der spricht einfach seine Muttersprache.

Eine Vorrede muß ich euch aber doch geben: diese Geschichten, die ich erzählen will, werden euch möglicherweise zeigen, daß ihr, meine Herren, in vielen Dingen zu weit gegangen seid und euch zu sehr auf eure Sinne verlassen habt; daß es in der Welt Dinge gibt, von welchen weder euch noch euren größten Weisen je geträumt hat … Darum bitte ich euch, mir das nicht übelzunehmen.

Wenn ihr wollt, könnt ihr glauben, und wenn nicht, so nicht.

Ich will mich auch gleich vor meinen Freunden rechtfertigen: es wird meine Freunde vielleicht verdrießen, daß ich sozusagen aus der Schule plaudere, und dazu noch heutzutage, wo es so viel Unglauben gibt … und daß dadurch ein Ärgernis entstehen kann. Gott bewahre! Ich will ihnen sagen, daß es überhaupt keinen Unglauben auf der Welt gibt: das mit dem Unglauben ist eine erfundene Sache!

Denn die ganze Welt ist nichts als Glauben!

Könnte es denn auch anders sein?

Die Welt ist unendlich groß, hat wirklich keine Grenzen! Und unser Verstand ist so klein, so winzig, daß wir einem Menschen gleichen, der in einer finsteren Nacht, mit einem Pfenniglicht in der Hand, das kaum vier Schritt weit leuchtet, durch eine öde, finstere Wüste geht!

Ich bleibe bei meiner Meinung: ohne Glauben kann man überhaupt nicht auskommen! Die Vernunft allein reicht nicht aus. Wo kommt dann das Märchen vom Unglauben her? Nun, diese nichtsnutzigen Schreiber, die für das einfache Volk, für Köchinnen und Dienstmädchen Bücher verfassen, die Geschichten von Mördern und Räubern, von Falschmünzern und Wechselfälschern ausdenken, nur um die Leute zu erschrecken und ihr Blut in Wallung zu bringen, – diese selben Schreiber haben auch den Unglauben und den Irrglauben erfunden! Und zwar mit demselben Zweck: um das gemeine Volk – die Dienstmädchen, Schuster- und Schneiderlehrlinge – zu erschrecken …

Doch in Wahrheit: ohne Glaube kein Wille; einfach jüdisch gesprochen heißt das, daß ein Mensch, der nichts glaubt, auch nichts will und zu nichts Lust hat!

Ein solcher Mensch ist nichts mehr als ein Lehmklumpen, ein Stück Holz! Und wenn du Menschen siehst, welche Gelüste haben oder ihre Gelüste zugunsten andrer, größerer oder erhabenerer überwinden. Menschen, welche essen und trinken, Familienglück genießen, im Schweiße ihres Angesichts arbeiten und den Kopf voller Geschäfte haben, so wisse, daß diese Menschen g l a u b e n ! Daß sie zumindest an ihr eigen Leben glauben!…

Denn zweifeln kann man ja schließlich auch daran! Wenn man will, so sagt man: Das Leben ist nichts! Und dagegen läßt sich schon wirklich nichts machen.

Doch die Regel ist: alle glauben. Nur glaubt der eine, daß der Leviathan vor dem Schor-ha-Bor verzehrt werden wird; und der andre sagt: nein, umgekehrt, der Schor-ha-Bor kommt zuerst, und dann der Leviathan als Zuspeise. Und ein »aufgeklärter« junger Mann, der weder an den Leviathan noch an den Schor-ha-Bor glaubt, der glaubt an den Äther! Und was ist dieser Äther? Da erklärte mir ein solcher junger Mann: der Äther ist etwas, was weder Körper noch körperliche Kraft, weder Seele noch überhaupt etwas

Geistiges ist; er nimmt keinen Raum ein und hat kein Gewicht … Mit einem Worte: er ist ein »Ja« und ein »Nein« zugleich!

Frage ich ihn, ob er den Äther gesehen hat? Nein! Aber er glaubt an ihn! Kurz und gut: alle glauben.

Was ist dann der Unterschied? Nun, jeder glaubt an s e i n e n Rebben, jeder hat s e i n e n Glauben, sozusagens e i n e n kleinen Götzen.

Alle blicken fremden Leuten auf den Mund. Alle küssen; doch der eine küßt den Vorhang vor dem Thoraschreine, wenn er auch nicht weiß, was im Schreine ist; der andre das kabbalistische Buch »Megillo Tmirin«, wenn es vom Tische herunterfällt; ich habe sogar mit meinen eigenen Augen gesehen, wie einer von ihren Leuten die »Geheimnisse von Paris« küßte. Und ich habe aus sicherer Quelle gehört, daß diese »Geheimnisse« die schauerliche Geschichte von einem gewissen Charbojno darstellen – doch nicht von unserem Charbojno, seligen Angedenkens, aus dem Buche Esther, sondern von einem Pariser Holzhacker, der barfuß auf Glasscherben herumging – und noch ähnliche Lügen, die ein Pariser Lügner erfunden und ein Wilnaer »Aufgeklärter« in die heilige Sprache übersetzt hat.

Meine Herren! Ich habe gottlob viel vom Leben und von der Welt gesehen; ich war Melamed in Dörfern und in kleinen Städten und auch in großen Städten. Seit sieben Jahren bin ich, Gott sei Dank, Melamed in Warschau, und ich komme, gottlob, unter Menschen, und ich kenne Menschen! Ich kenne Misnagdim, die beim chassidischen Gebet »*Wajizmach purkonej*« aus der Haut fahren, und ich kenne Chassidim, die einen, der zu einem andern Rebben fährt, für einen Ketzer – daß Gott davor behüte! – halten.

Ich kenne auch »Aufgeklärte«, sogar sehr viele; bedeutende und unbedeutende, solche, die wirklich was wissen, und gewöhnliche Schreiberseelen; ich kenne sogar viele, sehr viele Abtrünnige. Das alles kenne ich. Doch einen Menschen, der nicht glaubt, habe ich noch nie gesehen!

Ich wage sogar die Behauptung aufzustellen, daß es in der ganzen Gesellschaft der »Aufgeklärten« keinen einzigen gibt, der seinen eigenen Zuschnitt, sein eigenes System, seinen eigenen Weg hätte. Ich sah unter ihnen keinen einzigen, der seine eigene Ansicht über die Dinge hätte; mit Ausnahme von vielleicht zwei oder drei ganz großen Karpfenköpfen … Und die ganze übrige Gesellschaft, wie ihr sie seht, ist nicht ein ausgeblasenes Ei wert! Auch sie sind Chassidim, nur von einer andern Richtung! Sie glauben eben an i h r e n Rebben! Und sie hängen an i h r e m größten Mann der Zeit, genau so, wie wir an dem unsrigen!

Und ich kann einen heiligen Eid schwören, daß keiner von ihnen ein eigenes Lehrgebäude hat, nicht einmal für eine Stunde! Nichts als Glaube an den Großen der Zeit. Und sie sprechen ihm alles nach, ohne einen Unterschied zu machen zwischen dem, was er mit Überlegung, bei klarem Verstande und im Ernst gelehrt, und dem, was er so nebenhin, oder im Zorne, oder gar nur, um zu widersprechen, gesagt hat.

Ganz wie bei unsern Gesinnungsgenossen! Es ist nicht der geringste Unterschied!

Und wenn einer von dieser Gesellschaft zu mir kommt und sagt, daß er an nichts glaubt, so ist es einfach dumm: ich werde ihn doch nicht dadurch beschämen, daß ich ihm meine Ansicht sage. Für mich selbst weiß ich aber, daß er entweder Spaß macht oder einfach prahlt; und gerade ein solcher fürchtet sich, nachts allein auszugehen! Und vielleicht m u ß er überhaupt so sprechen, weil es sein Geschäft verlangt. Was tut der Mensch nicht wegen seines Geschäfts!… Und er kann ja auch ein ganz dummer Mensch sein, der nicht einmal weiß, w a s er nicht weiß und was man glauben muß!

Und wenn so, warum sollen wir uns dessen schämen, was wir glauben?! Worin sind denn unsere Gesinnungsgenossen ärger als alle die »Aufgeklärten«, die nichts andres tun, als Ammenmärchen und Wunder zum größern Ruhme ihrer Großen erzählen? Weil unsere Geschichten nicht erfunden sind? Weil wir die Leute nicht mit Schauergeschichten von Räubern und Mördern, Falschmünzern und Wechselfälschern erschrecken? Muß man denn unbedingt nur über solche Dinge schreiben, die glatt erfunden sind?

Und ich will ja keine Geschichte von jenseit des Meeres oder aus uralten Zeiten erzählen, sondern eine wahre Begebenheit, die sich hier in Warschau und zudem vor ganz kurzer Zeit ereignet hat!

Und vielleicht kommt jemand und sagt: Es ist nicht wahr! Die Sache ist erlogen!… Gut, soll er nur kommen, soll er sich unterstehen! Ich bin, Gott sei Dank, ein einfacher Melamed und kein Schreiber, Gott behüte! Und Lügen ist weder mein Handwerk noch mein Geschäft!

Kurz und gut – meine Geschichte ist wahr. Und wenn jemand kommt und ihr eine andere Deutung gibt? Gut, so werden wir ihn anhören.

Bis hierher geht die Vorrede, und nun beginnt die Geschichte selbst.

II

Ein Ausspruch des »Schweigers« gesegneten Angedenkens. Die Vorzüge meines Bruders; er ruhe in Frieden. Ein guter Anfang.

Man erzählt vom »Schweiger«, gesegneten Angedenkens, daß er, als man ihn einmal fragte, warum er nicht, wie die andern Rebben, aus der Thora predige, einfach geschwiegen habe, wie er es bei allen Fragen zu tun pflegte.

Doch zu einer andern Stunde, als er besonders gnädig aufgelegt war und man in ihn mit derselben Frage wieder drang, sagte er mit einem Lächeln:

»Die Welt«, sagte er, »wundert sich über m i c h , warum ich nicht Thoraweisheit predige. Und ich wundere mich über diejenigen, die das tun können. Wie kann man in der Thora anfangen und aufhören, wo die Thora weder Anfang noch Ende hat und die Unendlichkeit selbst ist?

»In Wirklichkeit ist es aber so: Leute, die keine Ahnung von der Thora haben und predigen, was ihnen gerade in den Sinn kommt, beginnen, wann und wo sie wollen, und endigen, wann und wo sie wollen. Denn die Thora, die sie predigen, ist nicht die Unendlichkeit, nicht die Thora des Herrn der Welt! Es ist ihre eigene, von ihnen erfundene Thora … Doch einer, der die Thora wirklich kennt, predigt nicht, weil er nicht weiß, wo er beginnen und wo er endigen soll!

»Und in weltlichen Dingen ist es auch so. Zum Beispiel bei einem Rechtsstreit, wenn man die Zeugen vernimmt. Ein wahrheitsliebender Mensch, der nicht lügen kann und will, beginnt seine Zeugenaussage mit den sechs Tagen der Schöpfung und kommt niemals zu der Sache selbst; und zum Schluß – schon gar nicht! Doch einer, der frei aus dem Kopfe spricht, legt sich alles hübsch zurecht und spricht wie ein Mensch, der Anfang und Ende weiß … Und seine Aussage fließt dahin wie Baumöl!«

Dieselbe Regel gilt auch für jede Erzählung: der Schreiber, der sich alles aus den Fingern saugt, kann eine Geschichte beginnen, wann und wo er will; sie ist seine eigene Schöpfung, und er kann mit ihr tun, was ihm beliebt! Wenn er will, macht er sie kurz. Doch ich, der ich eine wahre Begebenheit erzählen will, weiß wirklich nicht, womit ich anfangen und womit ich endigen soll! »Es gibt nichts Neues unter der Sonne« – jede Sache hängt von einer früheren Sache ab, und die frühere von einer noch früheren, und diese letztere kann man auch nicht verstehen, wenn man nicht weiß, was noch früher war. Und so gelangt man zu den sechs Tagen der Schöpfung … Doch zu Ehren meines geliebten Bruders Seinwel-Jechïel, er ruhe in Frieden, will ich mit ihm beginnen …

Es ist jedermann bewußt – die ganze Franziskanergasse weiß es –, daß mein Bruder, gesegneten Angedenkens, ein großer Gelehrter und ein wirklich gottesfürchtiger Mann war.

Er war Witwer, und in seinen alten Tagen blieb er ganz allein mit seiner Tochter, der Jungfrau Broche-Leë – es soll zwischen Lebendigen und Toten wohl unterschieden werden! Er lebte in großer Not, und da er keine Kraft mehr zu unterrichten hatte, blieb er schließlich – nicht auf euch gesagt und auf keinen Juden gesagt! – ohne Brot. Und die Jungfrau Broche-Leë wuchs, unberufen, wie auf Hefe … Mit einem Wort – es war ein Jammer!

Was tut Gott? Einige Hausväter, lauter geachtete feine Männer, deren Kinder mein Bruder unterrichtet hatte, tun sich zusammen und übernehmen es, Broche-Leë zu verheiraten und ihrem Vater, er ruhe in Frieden, die Mittel zu geben, damit er ins Heilige Land fahren kann.

Obwohl die Reise nicht zum Abschluß gedieh, da er unterwegs – nicht auf euch gesagt! – an einem Herzschlag starb, so war ihm doch vergönnt, die Stadt Zfas im Heiligen Lande zu sehen, woselbst er seinen Geist aufgab und in einem jüdischen Grabe mit großen Ehren beigesetzt wurde.

Der Rabbiner von Zfas hielt auf seinem Grabe einen feurigen Nachruf und druckte ihn, den Nachruf, in seinem Werke »Kostbare Perlen« ab; und wer in dieses Werk hineinsieht, leckt sich die Finger ab.

Da ich jetzt schon einmal den Anfang habe, werde ich mit der eigentlichen Geschichte beginnen.

III

Die Geschichte selbst. Schlecht getroffen. Jammer. Broche-Leë wird von ihrem Mann verlassen.

Mildtätigkeit ist eine große Sache. Doch nur für den, der sie übt. Und ich beneide nicht den, der Almosen empfängt und vom Vorstand des Wohltätigkeitsvereins abhängt …

Aber ich beneide meinen Bruder, er ruhe in Frieden, daß er zur rechten Zeit verschied und den späteren Jammer nicht mehr sah!

Denn die Hausväter, welche Broche-Leë die Mitgift gaben, hatten bloß das eine vergessen, daß sie die Tochter eines Gelehrten und eine fromme und reine Seele war. Bei der Wahl des Bräutigams berücksichtigten sie weder das, noch viel weniger die Verdienste ihres Vaters. Sie trachteten nur danach, ihr einen Ernährer zum Mann zu geben. Sie handelten ganz ohne Vorbedacht, nur um die Sache irgendwie zu erledigen. Man gabelte einen jungen Mann auf, der in einer Rechtsanwaltskanzlei halb angestellt war und ab und zu etwas verdiente. Und da er keine zu großen Ansprüche machte und ein Weib ernähren konnte, griff man zu. Man nähte die Aussteuer, hinterlegte die Mitgift, nahm Spielleute auf und feierte Hochzeit. Ich gratuliere!

Die Wahrheit zu sagen, gefiel mir der junge Mann gar nicht. Auch mein Weib Feige, sie soll gesund sein, meinte, daß man keine besonders kostbare Anschaffung gemacht hatte. Da aber mein Bruder, er ruhe in Frieden, dazu gar nichts sagte, so schwiegen wir selbstverständlich auch.

Doch dieses Schweigen war nicht klug!

Kaum war mein Bruder, gesegneten Angedenkens, abgereist, als die Geschichte losging, und es sich zeigte, daß in dieser Ehe etwas nicht in Ordnung war. Ich hörte bald, daß der häusliche Friede beim jungen Paare etwas hinkte! Man zankte sich, man schrie, und die Nachbarn klopften an die Wände. Ich hörte auch, daß der junge Mann Mojsche-Ißroel nicht ausnehmend fromm war, was Broche-Leë sehr mißfiel. Und er schreckte sie damit, daß er den Kaftan ablegen und den kurzen deutschen Rock anziehen werde, daß er sogar selbst Rechtsanwalt werden wollte. Mojsche-Ißroel hielt ihr vor, daß die Hausväter ihn betrogen hätten: sie hätten ihm vor der Trauung eine andre, schönere Braut gezeigt; sie hätte er gewiß nicht genommen! Er bemängelte auch ihre Aussteuer: Alte Lumpen, sagte er. Auch hätte man ihm die übliche Beköstigung in den ersten Ehejahren versprochen und ihm hinterdrein die Zunge gezeigt. Noch sagte er, er hätte erwartet, daß die Wohltäter sich für ihn verwenden, ihn, wie er sagte, »protegieren« würden; sie hätten sich aber auf der Armenhochzeit nur angegessen und angetanzt und ihn später nicht über ihre Schwelle gelassen.

Selbstverständlich wollte ich mich gleich in der ersten Stunde nicht einmischen … Die Hausväter und meine Frau Feige, leben soll sie, wollten es nicht zulassen. Und schließlich ist es ja auch nichts Neues! Es kommt oft genug vor, daß es in der ersten Zeit nach der Hochzeit, ehe man sich aneinander gewöhnt hat, zwischen Mann und Weib Streitigkeiten gibt. Und später – Gewohnheit ist die zweite Natur – lebt man doch zusammen!

Die Wahrheit zu sagen, gab es auch zwischen mir und meiner Frau Feige – sie soll gesund sein! – im ersten Jahre nach der Hochzeit Zusammenstöße. Doch später, als die Kinder kamen und wir um unseren Lebensunterhalt selbst sorgen mußten, hörten diese Dummheiten auf. Ich suchte mir irgendein Geschäft; es glückte mir nicht, und so wurde ich Melamed. Und es ist wirklich nicht so schlimm – man lebt – möge es bis hundertundzwanzig Jahr' so weiter gehen!

Also kurz und gut – ich schwieg. Besonders, als mir meine Frau Feige, sie soll leben, über Broche-Leë eine vielsagende Andeutung machte. Und mir braucht man nicht erst einen Finger in den Mund zu legen. Also ein gutes Zeichen, daß es nur gut abläuft! Leider lief es aber nicht nach Wunsch ab.

Er besserte sich nämlich gar nicht, er wurde sogar noch schlimmer. Dieser Prachtmensch hatte unsers Vaters Abrahams Eigenschaft: er sprach wenig und tat viel. Es genügte nicht, daß er sich deutsch kleidete, er begann auch ganze Nächte hindurch Karten zu spielen.

Jeden Abend brachte er seine Kumpane mit ins Haus und zwang Broche-Leë, ihnen Tee zu kochen und sie mit Branntwein und Hering zu bewirten; und den Hering natürlich mit Essig und Öl – anders paßt es ihm nicht. Und dazu weiße Semmeln; Schwarzbrot ist ihnen zu gering! Und wenn etwas von den sieben

Sachen fehlte, machte er einen Krach. Obendrein verhöhnte er sie und machte sie zum Spott für die Leute. Und das nicht genug – er beschimpfte sie noch mit den gemeinsten Ausdrücken!

Nun sah ich ein, daß die Sache nicht gut steht und daß man weiter nicht schweigen darf. Ich faßte mir ein Herz und ging zum Ehepaar hin.

Ich komme herein und fange, natürlich zunächst mit guten Worten an, mit f e i n e n Reden, sogar mit einem Scherzwort, wie schon so meine Natur ist. Ich versuche die Sache zuerst freundschaftlich und gutmütig anzufassen und sage ihm, daß, obwohl er ein Verbrecher vor dem Herrn ist, die Sache noch nicht hoffnungslos sei; und ich schildere ihm das große Ansehen, das der Bußfertige im Himmel hat, und sage ihm, daß ihm auch die Verdienste von Broche-Leës gottseligen Ahnen im Himmel beistehen würden. Er müsse nur mit der Buße beginnen, nur einmal ernsthaft an Buße denken.

Ich verspreche ihm noch, ihm menschlich näher zu treten, ihn in meinen Betzirkel einzuführen und sogar, falls ich einmal, so Gott will, zum Rebben fahren werde, ihn mitzunehmen; und noch ähnliche freundschaftliche Worte sage ich ihm.

Da bricht er in ein Gelächter aus! Er lacht über mich, über meinen Betzirkel und über den Rebben! Er möchte, sagt er, auf alle diese schönen Sachen verzichten, wenn ich ihm nur Broche-Leë abnehme! Und dabei gebraucht er Ausdrücke, die man überhaupt nicht in den Mund nehmen kann!

Notgedrungen mußte ich nun einen strengeren Ton anschlagen. Ich sagte ihm, daß er, obwohl er sich deutsch kleide, doch nur ein Ignorant und ein Taugenichts sei. Und dann sagte ich ihm noch ganz furchtlos: wenn er Buße tut, ists gut, und wenn nicht, so wird er manches schwarze und finstere Jahr in der Hölle zu kosten kriegen!

Fängt er schon wieder zu lachen an: »Wer Hölle? Was Hölle?« Als ob er schon einmal dort gewesen wäre und gesehen hätte, daß es, Gott behüte, gar keine Hölle gibt! Und dann weist mir noch der freche Kerl die Tür!

Was sollte ich tun? Broche-Leë ist, sehe ich, grün und gelb, die Tränen fließen ihr wie Bäche aus den Augen. Ich gehe also fort und lasse den Frechling vor das Rabbinergericht laden.

Er kommt nicht hin, und ich lasse wieder eine Zeit verstreichen.

Und da wurde es plötzlich still. Vom Ehepaar hörte ich gar nichts mehr. Das kam aber nur daher, weil der Verbrecher seiner Broche-Leë verboten hatte, über meine Schwelle zu kommen; sonst würde er sie windelweich schlagen! Broche-Leë ist aber ein gesittetes Weib und tut, was der Mann verlangt. Sie sitzt also zu Hause und vergießt heimliche Tränen.

Und höre ich nichts, so weiß ich nichts!

Inzwischen habe ich auch meine eigene Tracht Sorgen: meine Frau Feige wird mir krank; der Arzt sagt, es sei Fieber; die Nachbarn sagen etwas anderes, und ich meine, es kommt von einem bösen Blick. Das Haus ist ohne Hausfrau, die Kinder ohne Mutter und auch – ohne Vater: es ist gerade Semesterwechsel, und ich muß herumlaufen, um mir noch zwei oder drei Schüler zu verschaffen. Und das ist nicht genug: ich bin auch selbst nicht ganz beisammen.

Die Warschauer steilen Treppen nehmen mir alle Lebenskraft! Und dazu hetzt man mich noch von allen Seiten: der Hausherr mahnt das Wohnungsgeld, und ich bin ihm schon zwei Quartale schuldig geblieben! Und der Bezirksinspektor verlangt von mir, daß ich noch ein Zimmer hinzumiete, damit es die Schüler geräumiger haben, damit es in der Lehrstube mehr Luft gibt!

Gott möge es mir verzeihen – ich habe an Broche-Leë nicht mehr gedacht! Und sooft ich mich an sie erinnerte, sagte ich mir: da es so still ist, wird sich der Bösewicht wohl doch bekehrt haben, und sie tun jetzt nichts, als sich herzen und küssen! Und weil es ihr so gut geht, hat sie die armen Verwandten ganz vergessen.

Aber einmal – ich komme halb ohnmächtig und, nicht auf euch gesagt, mit geschwollenen Füßen nach Hause, will mir die Hände waschen, irgend etwas herunterschlingen, schnell das Tischgebet sprechen und die Knochen im Bette ausstrecken – da verkündet mir meine Frau Feige eine frohe Botschaft: Broche-Leë war dagewesen, hatte bittere Tränen vergossen und uns Mörder gescholten, weil uns ihr Unglück nichts anginge; sie sei eine verlassene Waise, elend und einsam wie ein Stein.

Sie erzählte noch, daß ihr Mann Mojsche-Ißroel sie martere und ihr Todfeind sei. Er schlage und prügele sie, so daß sie schon viele Male aus Nase und Ohren geblutet habe.

Und ich frage meine Frau Feige: »Wie kann das sein? Daß ein Jude seine Frau schlägt, und dazu noch eine Frau in gesegneten Umständen?!...«

Sie antwortet, daß es wohl von seiner wahnsinnigen Bosheit kommt; Mojsche-Ißroel hat den rechten Weg schon längst verlassen. Er hat jedes Gottvertrauen verloren; darum schreit er, er habe nicht mehr, wovon zu leben ... Und er verlangt – sein Name und sein Andenken mögen ausgelöscht werden! – daß Broche-Leë sich etwas antue ... Die ganze Welt macht es, sagt er, so; selbst die feinsten Damen ... Und da sie es nicht tun will, schlägt er sie und beschimpft sie und ihren Vater mit den schrecklichsten Flüchen!

Wie ich höre, daß er meinem Bruder, gesegneten Angedenkens, flucht, werde ich voller Zorn! Ich vergesse alles andre, nehme meinen Stecken – mein Tod oder sein Tod! Abschlachten werde ich den Hund! – und laufe ohne Atem und Besinnung aus dem Hause ...

Und ich komme und sehe ...

Einen Jammer sehe ich!

Die Tür steht offen, in der Stube ists stockfinster. Der Kerl ist fort, durchgebrannt! Fort ist der ganze Hausrat, selbst die Bettwäsche hat er abgezogen ... Und wo ist sie?

Sie liegt auf dem Boden und windet sich in Krämpfen ...

IV

Ein Wunder. Meine Frau Feige und ihre Taten. Man wirft mich hinaus, und wohin ich gehe.

Es geschah ein Wunder, daß meine Frau Feige, unberufen, ihren gesunden Menschenverstand behielt.

Als ich den Stecken nahm und schrie, daß ich den Hund umbringen werde, nahm es sich meine Frau Feige gar nicht zu Herzen … Sie weiß ganz gut, daß ich, Gott behüte, kein Mörder bin und nicht eine Fliege an der Wand töten kann; sie weiß, daß ich, wenn ich schon in Zorn gerate, vor allen Dingen zu weinen anfange. Ich habe schon einmal so eine Natur: vor Zorn fließen mir die Tränen wie Wasser.

Meine Frau Feige weiß auch, daß ich selbst meine Schüler nicht so schlage, wie es sich gehört, und daß mir sogar die Väter deswegen Vorwürfe machen; auch ich selbst fürchte zuweilen, daß ich in dieser Hinsicht vor Gott und den Menschen sündige: denn oft ist so ein Hieb notwendig! Besonders seitdem einer meiner Schüler in schlechte Gesellschaft geriet, ist es meine feste Meinung, daß man zuweilen schlagen m u ß !

Wir wollen aber nicht abschweifen!

Also meine Frau Feige wußte ganz gut, daß ich ihm nichts tun würde, und blieb darum ruhig auf dem Bette sitzen. Doch später, als eine Stunde, zwei Stunden vergingen und ich noch immer nicht zurück war, bekam sie doch Angst und sagte sich, daß ich den Hund gewiß wie einen Fisch in Stücke geschnitten habe und dafür ins Loch gesperrt worden sei!

Da gab es was! Sie vergaß alle ihre Schmerzen, die Kinder in den Betten und das bißchen Hausrat, das wir hatten, sprang aus dem Bette, warf sich etwas um und lief mir nach; vergaß sogar die Tür hinter sich zu schließen.

Ich schau mich um, – sie ist da. Und kaum ist sie da, als sie gleich auf den ersten Blick erkennt, was vorgeht. Vor allen Dingen, als sie mich wie ein Stück Holz dastehen sieht, schreit sie mich an: »Nichtstuer!« Und im gleichen Augenblick reißt sie die Tür auf und ruft: »Hilfe!« Sofort kommen einige Nachbarinnen. Meine Frau Feige übernimmt das Kommando, und die Nachbarinnen folgen ihren Befehlen. Und eines der Weiber wirft mich auf Feiges Befehl tatsächlich zur Tür hinaus.

Wo geht man nun hin? Auf der Straße ist nasser Schnee, der Wind peitscht mir das Gesicht und stiehlt sich durch die Löcher in meine Kleider hinein …

Also gehe ich ins Bethaus. Dort sitzen noch einige Leute, die nach dem Beten ein wenig in den Talmud hineinschauen. Ich nehme mir auch einen Talmudband. Und fertig, mehr brauche ich nicht! Kaum öffne ich den Talmud, ist Broche-Leë vergessen! Vergessen ist ihr Mann, der Bösewicht! Und auch die ganze Welt. Wer ist von ihrem Mann verlassen? Wer ist durchgebrannt? Wer liegt in Kindsnöten? Das gibt es alles nicht!…

V

Meine Schüler. Wer ist mein Lehrer? Die Thora und ihr Lohn. Das Gleichnis vom Vogel. Schlimme Gedanken und Zweifel.

Wenn ich manchmal selbst mit großer Freude studiere, können es meine Schüler aus den reichen Häusern nicht begreifen. Sie fragen mich, ob i c h auch noch lernen muß? Und wer m e i n Rebbe ist?

Die Dummköpfe! Sie wissen nicht, daß die Welt ein guter Rebbe ist, und die Sorge ums Brot – ein gar vortrefflicher Rebbe! Leiden und Unglück sind gute Melameds .. Die Mücke, die ewig das Gehirn sticht mit der Frage: »Und was werden wir essen?«, ist ein gar feuriger Rebbe! Und dann sind auch meine Schüler selbst mitsamt ihren Vätern – meinen Brotgebern – sehr feine Lehrer, ausgezeichnete Lehrer!

Alles treibt zum Lernen. Aber wie die Thora, so auch ihr Lohn. Schlage ich den Talmud auf, so werde ich ein andrer Mensch. Ich fühle, daß sich mir der Himmel auftut! Daß der Herr der Welt mir in seiner großen Gnade Flügel, große und breite Flügel verliehen hat! Und ich fliege auf diesen Flügeln empor – ich bin ein Adler, und ich fliege in weite Fernen fort; nicht übers Meer fliege ich, sondern aus der Welt ganz hinaus! Aus der Welt voller Lüge, Verstellung und bösen Leiden …

Und ich schwinge mich in eine ganz andre Welt hinauf, in eine neue Welt, in eine Welt, wo es nur Gutes gibt. In eine Welt, wo weder dickbäuchige Hausbesitzer noch unwissende vornehme Herren etwas gelten; wo es weder Geld noch Nahrungssorgen gibt, weder schwere Kindsnöte, noch hungernde Kinder, noch schreiende Weiber!

Und dort bin ich, ich, der arme, kranke, unterdrückte, hungernde Melamed, ich ärmster Bettler, der ich hier stumm wie ein Fisch bin und von allen wie ein Wurm getreten werde, – dort bin ich der Mensch, der Vornehme, dessen Meinung gilt! Und ich bin frei, und mein Wille ist frei, und i c h habe zu befehlen! Welten baue ich auf und Welten zertrümmere ich und baue mir neue an ihrer Stelle! Neue, schönere und bessere Welten! Und ich lebe in diesen Welten und schwebe in ihnen herum! Ich bin im Paradiese, im wirklichen Paradiese!

Und ich weiß, daß ich mehr weiß, als ich meinen Schülern mitteilen will und kann, mehr als ich mir selbst eingestehe. Ich ahne Dinge, die man mit den Lippen gar nicht aussprechen kann, die kein Auge sieht und kein Ohr hört, die nur im Herzen blühen, nur im Herzen leben und pochen!

Die »zwei, die zugleich nach einem Gebetmantel greifen«, deren Streit der Talmud untersucht, sind für mich nicht zwei beliebige Menschen von der Straße, nicht ein Schimen und ein Ruben, wie ich es meinen Schülern erkläre; und auch der Gebetmantel, um welchen der Streit geht, ist kein gewöhnlicher Gebetmantel, wie man ihn im Laden von Jossel Pesches kaufen kann … Ich fasse es tiefer an!

Ich fange alle die Funken auf, die z w i s c h e n den Zeilen, z w i s c h e n den Worten, z w i s c h e n den Buchstaben leuchten; meine Seele saugt sie ein wie ein Schwamm! Ich fühle, wie mich das Licht, das der Frommen im Jenseits wartet, ganz durchtränkt und erfüllt!

Ach, nur sitzen und studieren! Nur studieren!

Und das muß ich euch auch sagen: wenn ich in reiche Häuser komme und sehe, wie die Leute ganze Nächte hindurch Karten spielen, oder die Zeit mit Weibern oder andern Eitelkeiten verbringen; oder wenn ich durch die Straße gehe und durch die offene Tür einer Schenke einen Handwerker sehe, wie er in einer Wolke von Tabakrauch sitzt und trinkt und dummes Zeug spricht; wenn ich das alles sehe, sage ich euch, werde ich gar nicht böse … ich mache den Leuten gar keine Vorwürfe; im Gegenteil: mir tut das Herz weh vor Mitleid mit ihnen!

Denn wenn wir es so betrachten, was sollen sie ohne Thora tun?

Wie ich bereits erwähnte, gab ich einmal auch in einem Dorfe Unterricht. Mein Schüler zeigte mir, wie am Ende des Sommers alle Vöglein zusammenflogen, um unser Land noch vor Wintersanfang zu verlassen … Ich sah, wie sie sich zu ganzen Heeren versammelten und davonflogen in weite Fernen …

Die kleinen Vöglein können und wollen hier nicht bei Schnee und Frost bleiben … In dieser Zeit hat hier so ein armes Vöglein keinerlei Lebensmöglichkeit … Und die Vöglein wissen es, sie fühlen es, daß der Winter naht, daß ihr Todesengel kommt …

Doch einmal sah ich, wie ein armes verkrüppeltes Vöglein mit einem gebrochenen Flügel auf der nassen, kalten Erde herumhüpfte; es piepste und konnte sich nicht vom Boden erheben, um den großen Vögeln nachzufliegen. Es war wirklich ein Jammer, zu sehen, wie das arme Vöglein keinen Platz finden konnte, wie es immer hüpfte und hüpfte, und den andern freien Vögeln, die schon davonflogen, nachsah …

Damals sagte ich mir: diesem kranken Vögelchen gleicht die Seele des Unwissenden!…

Fliegen können sie nicht, denn sie haben keine Flügel – keine Thora! Gib ihnen Thora, gib ihnen Flügel, so werden auch sie fliegen in die fernen Welten!

Man hat ihnen aber die Flügel zerbrochen, und darum hüpfen sie immer im kalten Straßenschmutz herum … Darum müssen sie schamlose Reden führen oder Karten spielen: der Reiche im Salon, der Arme in der Schenke …

Doch wollen wir zur Sache zurückkehren!

Also ich sitze und studiere. Die paar Leute, die noch im Bethause waren, sind einer nach dem andern heimgegangen. Der Schuldiener ging als letzter fort.

Was geht es mich an? Ich sehe es ja gar nicht!

Bei Licht, im warmen Bethause, den offenen Talmudband vor mir, fürchte ich allein nichts! Ich bin vertieft, ganz wie es sich gehört.

Die Thora gleicht doch, wie ihr wißt, dem Meere. Die Wellen schlagen und wollen mich verschlingen … Doch ich kann schwimmen! Ich tauche unter und bin schon wieder oben! Zuweilen wird das Meer still; schön, rein und klar wie der Himmel liegt es da, und meine Seele badet im frischen, belebenden Wasser; sie gleitet wie über einen Spiegel dahin in Wonne und Schönheit … Und das Wasser wäscht sie, reinigt sie von allen Flecken, von den schwarzen irdischen Stäubchen …

Und rein und heilig wird meine Seele …

Doch plötzlich fühle ich einen brennenden Schmerz in den Fingern, und ich sitze im Finstern …

Der Lichtstummel, den ich in den Fingern hielt, ist ausgegangen!

Alleinsein im Finstern fürchte ich. Und es überfällt mich eine große Angst!

Wenn es um mich herum hell ist, bei Tage oder auch bei Nacht, fürchte ich nichts. Mir ist gut! Ich sehe die Welt, und ich spüre den Hausherrn ü b e r der Welt! Ich sehe die Welt, und die Welt sieht mich. Und ich weiß, daß ich ein Teil der Welt bin, und daß ihr Hausherr auch mein Hausherr ist; daß ohne seinen Willen mir kein Haar gekrümmt werden kann. Er wird es nicht dulden, und auch die Welt selbst wird es nicht dulden. Warum sollten sie es auch zulassen?

Aber wenn ich allein im Finstern bin und die Welt nicht sehe, dann – ach, dann höre ich überhaupt auf, Mensch zu sein! Mich befallen böse Gedanken, und es scheint mir – Gott möge mich dafür nicht strafen –, daß ich gar keinen Zusammenhang mit der Welt mehr habe, daß man mich von ihr losgetrennt und aus ihr weggeführt hat … Ich habe mit ihr nichts zu tun; weder ich, noch mein Weib, noch meine Kinder … Nichts haben wir mit ihr zu schaffen! Gleich wird man mich oder einen von uns ganz still wegtun, und niemand wird es sehen, niemand wird es wissen und gewiß niemand fühlen.

Kaum war das Licht ausgegangen, als mich gleich meine Festtagsseele, die nur während des Lernens in meinem Leibe ist, verließ und ich bei meiner zitternden, erschrockenen Werktagsseele blieb, bei der Seele des bettelarmen Melameds … Ich bin wieder ein Nichts, ein Wurm, ein verlorenes Ding …

Und meine Lippen zittern: Gott soll helfen! Gott soll helfen!

Und das Herz nagt und bangt: Broche-Leë wird gebären … gewiß wird sie gebären. Sie wird sogar Zwillinge haben. Denn ihre Mutter war wegen ihrer Zwillingsgeburten berühmt!

Du hast wohl zu wenig an eigen Weib und Kind? Also fällt dir noch Broche-Leë mit einem Kind zu, Broche-Leë mit zwei, mit drei Kindern … Seinwel-Jechïel ruht im Grabe; er sitzt jetzt im Paradiese und lernt Thora. Und du arbeite und ernähre seine Tochter!

Und böse Gedanken sagen mir: Wenn Gott sich erbarmen will, so hat er keinen andern Ausweg, als den Todesengel zu schicken … zu mir … zu der Gebärenden …

Barmherziger Gott! Barmherziger Gott!

Und ich weiß, daß ich vor Gott sündige, daß ich in Gotteslästerung verfalle. Ich weiß das, doch ich habe nicht die Macht, den bösen Gedanken aus dem Herzen zu vertreiben ... Denn allein bin ich schwach und im Finstern noch schwächer!

Ich weiß, daß das einzige Mittel dagegen die Thora ist, und ich will sie auswendig studieren; ich will mich auf eines der Probleme besinnen, doch ich kann nicht: ich habe alles vergessen, habe die ganze Thora vergessen!

Und ich rief mit allen meinen Kräften aus:

»Herr der Welt! Hilf mir! Hilf mir!«

Und es geschah mir ein Wunder!

VI

Das Wunder. Das verborgene Licht. Erlösung einer Seele. Der Todesengel, welcher kommt, weil man ihn rief.

Als ich diese Geschichte später einem »Aufgeklärten«, einem meiner früheren Schüler erzählte, lachte er, und noch wie! Es war, sagte er, gar kein Wunder, sondern nur ein Zufall oder eine Einbildung, oder vielleicht gar ein Traum oder dergleichen.

Was macht das?

Jitro, Moses' Schwiegervater, hatte bekanntlich sieben Namen, und doch gab es nur e i n e n Jitro!

Nenne es, wie du willst: Zufall, Einbildung, Wunder, – Geschichte bleibt Geschichte!

Ich weiß nur, daß gerade in dem Augenblick, als ich, Gott behüte, in die tiefste Hölle hinabzustürzen glaubte, sich das ganze Bethaus mit Licht füllte! Es war eine so blaue Helle wie in den Lichtsäulen, die manchmal im Sommer von der Sonne durch ein Fenster schräg in die Stube fallen …

Man sieht ganz deutlich, daß eine solche Säule aus kleinen Lichttropfen besteht und daß jedes Tröpfchen in ihr strahlend herumwirbelt.

Und eine solche Säule erfüllte damals das ganze Bethaus.

Plötzlich werde ich ruhig … und alles Denken hört auf!…

Das Bethaus ist von einer süßen Helle erfüllt. Und ich – von einem süßen, lichten Gottvertrauen! Und alles in mir ist so rein, so klar, so kristallen!

Und wie ich nach der Ostwand blicke, von der die Lichtsäule kommt, sehe ich jemanden!

Wen, glaubt ihr, sehe ich?

Meinen Bruder, gesegneten Angedenkens, sehe ich! Und gerade auf dem Platze, wo er bei Lebzeiten immer zu sitzen und zu studieren pflegte.

Er hat vor sich ein Buch … Sein Gesicht kann ich nicht sehen, weil er den Kopf in die Hand stützt. Doch das Herz sagt mir, daß er es ist, mein Bruder Seinwel-Jechïel …

Und ich erschrak gar nicht!

Denn die Regel ist: wer vor Lebendigen keine Angst hat, der zittert vor Toten. Doch ich armer Wurm, der ich vor allem, was da lebt, zittere, was soll ich vor einem Toten Angst haben? Und vor wem? Vor meinem Bruder Seinwel-Jechïel, der auch bei Lebzeiten wie Seide war? Und ich frage ihn ganz einfach:

»Bist du es, Seinwel-Jechïel?«

»Ja, ich bin es!« antwortet er und nimmt die Hand von den Augen.

Ich erblicke sein Gesicht. Es strahlt in seltsamer Lieblichkeit, und in seinen Augen liegt eine eigentümliche Süße …

Und ich frage weiter:

»Was tust du da, Bruder?«

Und er antwortet:

»Was ich tue? Sehr viel tue ich! Als ich bei Lebzeiten hier saß und lernte, verwirrte mich oft der Satan; Nahrungssorgen mischten sich ein, und ich übersprang viele Stellen und lernte andre wiederum ohne große Andacht. Nun tue ich das, was man oben über mich verhängte, damit meine Seele endgültig erlöst werde: Ich wiederhole!«

»Und alles mit Andacht?«

Er nickt bejahend, und ich sage:

»Seinwel-Jechïel, du lernst mit Andacht, weil du nicht weißt, daß …«

Er unterbricht mich mit seiner süßen Stimme:

»Narr,« sagt er, »im Gegenteil: eben weil ich weiß, lerne ich jetzt mit solcher Andacht. Bei Lebzeiten wußte ich wenig und zweifelte viel, und darum übersprang ich viele Stellen ohne Andacht. Denn nur das, was man nicht weiß und woran man zweifelt, verwirrt ... Doch jetzt, da ich weiß und keine Zweifel mehr habe, studiere ich immer mit Andacht.«

»Du weißt auch, daß Mojsche-Ißroel ...?«

»Nach Amerika entlaufen ist? Ich weiß es! Ich weiß sogar, mit welchem Schiff er durchgebrannt ist ... Verbotene Speisen ißt er auf dem Schiff. Ich weiß es!«

»Weißt du, daß Broche-Leë ...«

»In schweren Kindsnöten liegt? Gewiß weiß ich es! Ich weiß sogar, daß sie einen Sohn haben wird ...«

»Keine Zwillinge?«

»Nein, keine Zwillinge. Sie ist aber sehr zu bedauern! Das Kind wird ein Krüppel sein ... Der Bösewicht hat sie gestoßen und dem Kinde Schaden zugefügt ...«

Und ich frage weiter:

»Vielleicht weißt du auch, wovon sie leben werden?«

»Auch das weiß ich!« sagt er mild. Er kommt auf mich zu, legt mir seine Hand auf die Achsel und sagt:

»Schau durchs Fenster hinaus!«

Ich tue es.

»Nun, was siehst du?«

»Ich sehe jemanden vorbeigehen ... Er ist weiß gekleidet, und sein Antlitz leuchtet, als ob Gottes Herrlichkeit darauf ruhte ... Ganz unglaublich strahlt sein Antlitz ... Er geht langsam ... Mir ists, als ob ich eine süße, herzige Weise hörte, die ein Spielmann im Gehen spielte ... Da ist er schon vorbeigegangen, der Mensch ...«

»Es war kein Mensch – ein Engel wars!«

»Ein Engel?«

»Ein guter, sehr guter Engel ... Der Todesengel!«

»Der Todesengel?« rufe ich erschrocken aus.

»Warum zitterst du so? Willst du ihm entfliehen?«

»Und wohin ging der Engel?«

»Wohin er ging? Zum reichen Reb Simche. Auch seine Tochter liegt in Kindsnöten ...«

»Ich weiß es: ich habe ja heute früh mit noch andern Leuten für sie und das Kind Psalmen gelesen ...«

»Das Gebet hilft nur zur Hälfte. Das Kind wird leben.«

»Und sie?«

»Hast doch eben gesehen ...«

»Also zu ihr ging der Engel! Und so ohne Lust ging er, mit langsamen Schritten ... Wohl aus Mitleid?«

»Vielleicht. Er hat keine Eile, weil er nicht Gottes Sendbote ist!«

»Was sagst du?« rufe ich erschrocken. »Wer hat denn noch zu bestimmen?«

»Auch der Mensch hat seinen Willen ... Sie selbst hat ihn gerufen ...«

»Sie selbst?!«

»Sie wollte kein Kind haben, keine Mutter sein! Hat dem Kinde Schaden zufügen wollen ...«

»Herr der Welt!« rufe ich mit großem Schmerz aus. »Sie wird für ihre Sünde sterben ... Aber was hat das Kind verbrochen? Das Kind wird doch ohne Mutter bleiben ... Herr der Welt!«

»Schrei nicht!« sagt Seinwel-Jechïel und nimmt mich bei der Hand. »Schrei nicht! Broche-Leë wird des Kindes Amme sein. Und von heute an wisse: Der das Leben gibt, gibt auch wovon zu leben!«

Und im selben Augenblick zerrann er mir in der Luft, und die helle Lichtsäule verschwand. Durch das Fenster sah schon der bleiche Wintermorgen herein.

VII

Der das Leben gibt, gibt auch wovon zu leben.

Ihr könnt euch gar nicht vorstellen, was ich in diesen Augenblicken empfand!

Ich fiel meiner ganzen Länge nach nieder, und die Quellen meiner Augen taten sich auf, und die Tränen flossen und flossen …

Und es war mir, als ob ich nicht Tränen weinte, sondern Steine: als ob mir aus dem Herzen Steine heraufkämen und durch die Augen herausrollten. Denn je mehr Tränen ich vergoß, desto weniger Steine blieben mir auf dem Herzen, desto leichter und freier wurde es mir in der Brust!

Und die Geschichte geht schon zu Ende.

Ich gehe nach Hause.

Die Tür, sehe ich, steht offen!

Ich trete in die Stube und sehe im schwachen, bleichen Morgenlichte, daß Diebe dagewesen sind! Der ganze Hausrat ist weg!

»Macht nichts!« sage ich mir.

Die Kinder husten im Schlafe trocken und heiser.

Ich höre es und denke mir: »Schadet nichts, macht nichts!«

Bald kommt meine Frau Feige heim und sagt: »Gratuliere!« Und ich antworte:

»Ein Söhnchen, ein Krüppel!«

Sie schaut mich an.

»Bist du ein Prophet oder was?« Sie hört gar nicht, daß die Kinder husten, und sieht nicht, daß die Wohnung ausgeräumt ist.

»Woher weißt du das?«

Und ich sage ihr:

»Noch mehr weiß ich, Feige, meine Frau! Ich weiß, daß des reichen Reb Simches Tochter weggekommen ist (das Wort ›verschieden‹ konnte ich nicht über die Lippen bringen) und daß das Kind, auch ein Söhnchen, lebt! Und daß Broche-Leë seine Amme sein wird!«

»Wer hat dir das alles erzählt?«

»Denn«, sage ich ihr, »der das Leben gibt, gibt auch wovon zu leben.«

Und ich erzählte ihr alles.

Der kranke Knabe

Mameschi, ich will dir ein Geheimnis erzählen; doch der Vater soll davon nichts erfahren!

Du fragst mich: warum? Weil der Vater mich weniger lieb hat ...

Nein, Mameschi, ich sündige mit den Lippen: er hat mich nicht weniger lieb, er hat mich nur a n d e r s lieb!

Er ist ja der Vater und muß streng sein ...

Vater hat einen langen Bart; Vaters Gesicht fühlt sich beim Streicheln nicht so an wie Mutters atlasglattes Gesicht ... Er hat auch ganz andre Augen und einen ganz andern Blick. Wenn du mich anschaust, hast du so lachende und dabei so feuchte, so gütige und dabei so traurige Augen ... Du bist Mutter und zugleich Kamerad ... Vor dir kann ich keine Geheimnisse haben ... Mit deinen Augen ziehst du mir jedes Geheimnis aus dem Herzen heraus ...

Vater schaut ganz anders: immer ernst, beinahe kalt ...

Nein, Mameschi, es sind ganz andre, wirklich ganz andre Augen!

Als ich noch klein war, hatte ich vor dem Vater weniger Angst. Ich weiß noch, wie ich ihm auf die Knie zu springen pflegte, wie ich ihm das Haar zerzauste, den Bart zerteilte und zu Zöpfen flocht, die Lippen übereinanderbog; und wenn er mich böse anschauen wollte, drückte ich ihm die Lider hinunter und schloß ihm einfach die Augen ... Heute kann ichs nicht mehr ...

Einmal – hörst du, Mameschi? – einmal, als ich krank war, erwachte ich und sah euch beide an meinem Bette stehen ... Du hast so still, so herzensstill geweint; und der Vater ... Mameschi!... Vater hatte damals ein so schreckliches Gesicht, und ich sah, daß er Gott böse war! Vor Schreck schloß ich wieder die Augen ...

Und seit damals kann ich dem Vater nicht mehr nahe kommen wie früher ... Etwas hält mich zurück! Oft will mir das Herz aus der Brust springen und ihm zufliegen, und doch kann ich es nicht!

Glaubst du, daß ich den Vater weniger lieb habe? Gott behüte! Ich habe Vater sehr lieb und gewinne ihn mit jedem Tag, mit jeder Minute noch lieber ... Wenn er auf mich zugeht, hüpft mir das Herz vor Freude, und es bebt in mir die Seele vor Hoffnung: gleich wird er mich bei der Hand fassen und an sein Herz drücken ...

Vor dir zittere ich nicht: du hast mich immer und gleich lieb ... Du hast für mich immer Zeit, und du umarmst und küßt mich jeden Augenblick ... Du bist immer, immer mein ... Vater hat so viel Geschäfte!

Ich weiß: er will, daß ich einmal reich sein soll!

Jetzt willst du wohl, Mameschi, mein Geheimnis hören?

Ich schäme mich!

Vor der Mutter, sagst du, soll man sich nicht schämen? Es ist wahr ... Und doch ... Weißt du was, Mameschi? Setz dich hier auf diesen Stuhl vor dem Fenster ... Gut so!

Ach, wie schön die Sonne untergeht! Wie schön fallen ihre rötlichen Strahlen auf dein edles, blasses Gesicht!...

Ach, Mameschi, wie schön, wie schön und edel bist du!

Warte ... Nun will ich mich dir zu Füßen setzen ... Und du sollst mir, wenn ich erzähle, nicht ins Gesicht schauen ... Ich will mich auf den Fußschemel setzen und beim Erzählen zum Fenster hinausschauen ...

Nein!... So ists nicht gut! Ich werde mich vor der Sonne schämen ... Siehst du: am Tage strahlt sie, doch am Abend nimmt sie von uns so traurig Abschied, daß ich mich schäme, von mir zu sprechen ...

Ich will meinen Kopf an deinen Schoß lehnen ... Ich will meine Augen schließen, und du ... du leg mir noch deine Hand auf die Stirn ... Ist es dir nicht zu schwer, Mameschi, wenn ich meinen Kopf so an dich lehne? Nein?

Sechzehn Jahre ist dein Kind alt und hat ein so leichtes, ein so kleines Köpfchen ... Und ich selbst ...

Seufze nicht, Mameschi! Gott hat mich nicht zu karg bedacht: er gab mir zwar wenig Fleisch, dafür aber viele andre gute Gaben: dich, den Vater … Tage und Nächte mit wunderlichen Träumen … Und nun – das Geheimnis …

Nun sehe ich nichts … Mit geschlossenen Augen werde ich es vielleicht doch erzählen können … Ich wills versuchen …

Es fällt mir so schwer!…

Wenn ich es mir so überlege – so ist es nichts: ein Netz aus einigen wunderlichen Strahlen, – und doch lastet es mir auf dem Herzen wie ein Stein … Es ist kein Kieselstein, kein Stein von der Gasse oder vom Felde …

Es ist ein kostbarer Stein; er strahlt und leuchtet …

Er liegt mir tief in der Brust und erfüllt mein ganzes Wesen, alle meine Glieder mit seinen Strahlen, mit seinem heimlichen, warmen, lebendigen Licht …

Das Licht soll nicht verlöschen, Mameschi!

Es verlischt so vieles!…

Hörst du, Mameschi!

Nein, warte, so einfach und geradeaus beginnen kann ich doch nicht …

Hör aber! Weißt du noch, Mameschi, daß du mir gestern etwas Kleingeld gabst? Weißt du es noch?

Ich habe davon noch nichts ausgegeben, und doch fehlt mir schon etwas …

Es fehlt mir ein Zehnerl!

Ob ich es verloren habe? Nein … Du gibst mir doch das Geld, damit ich davon armen Leuten, armen Kindern, denen ich bei meinen Spaziergängen begegne, Almosen gebe … Armengeld werde ich doch nicht verlieren!

Ob ich es weggegeben habe? Gewiß. Ob einem Armen? Ich weiß es nicht … Vielleicht ja, und vielleicht auch nicht … Hör nur zu, vielleicht wirst du es selbst verstehen!

Gestern ging die Sonne ebenso schön unter … Vielleicht noch schöner …

Du hast mich schauen gelehrt, und ich schaue und sehe, was andre meinesgleichen nicht sehen … Darum gehe ich am liebsten ganz allein spazieren … Gestern ging ich hinter die Stadt, du weißt, zu der Stelle am Flusse, von wo aus man sie ganz überblickt. Die Häuser türmen sich übereinander, immer höher und höher; und die Häuser, die weiter stehen, wollen über die andern hinüberschauen und auch etwas von Gottes Welt sehen; darum ragen sie, je weiter sie stehen, um so höher hinauf. Und die Sonne sieht im Untergehen auf sie herab und übergießt sie mit ihrem Lichte … nimmt Abschied von ihnen … küßt sie …

Und ich sehe, wie die Schatten diesen letzten Strahlen nachjagen, wie sie sich immer mehr und mehr verdichten und wie sie fließen und überall eindringen, wo sie nur können. Sie erfüllen alle Zwischenräume zwischen den Häusern, alle freien Plätze zwischen den Mauern, und sie heben und jagen das letzte rötliche Sonnenlicht hinauf, in den Himmel, aus dem es kommt … »Geht zur Ruhe, ihr Strahlen, jetzt ist u n s r e Zeit!… Gute Nacht!…«

Und es wird allmählich dunkler und dunkler und der Himmel immer tiefer und tiefer … Bald werden, einer nach dem andern, die Sterne aufleuchten … Und wie ich das alles sehe, komme ich zur Schreinergasse, zu der letzten Gasse der Stadt, die so steil hinuntergeht … Und so kam ich zum Fluß, wo die alte Schul steht …

Und ich kam ganz nahe an die alte Schul heran.

Am Tage sieht sie schrecklich aus: armselig, baufällig, ganz schwarz vor Alter … Die Spinnen wollen aus Mitleid die eingeschlagenen Fensterscheiben überweben … Und auf dem Hügel gegenüber, am andern Ende der Gasse, steht die schlanke, spitze Christenkirche und lacht …

Doch am Abend sah die alte Schul ganz anders aus … Zum ersten Male sah ich sie gestern so … Ein leichter, lieblicher, dunkelblauer Nebel umhüllte sie … Die Fenster ohne Scheiben waren gar nicht blind …

Sie blickten ernst und tief in die Welt hinaus … Und die Gesimse oben lebten und rührten sich beinahe. Die gemalten Löwen wollten sich von der Mauer losreißen … Gleich werden sie zu brüllen anfangen!

Glaubst du, daß d a s mein Geheimnis ist? Nein, Mameschi! Das alles sehe ich erst jetzt, wie ich es dir erzähle; mit den gestrigen Augen sehe ich es.

Ach, Mameschi, wenn ich reich wäre!

Was ich dann täte?

Ich würde die alte Schul wieder aufrichten!

Ich will, daß auch sie hoch ist und in den Himmel hinaufragt! Und sie muß höher sein, weil sie tiefer steht! Und ein goldenes Dach soll sie haben und kristallene Fensterscheiben!

Hörst du, Mameschi, so denke ich es mir: man kann ja auch ohne Schul auskommen; denn Gott ist überall … Wo nur eine Träne fällt, die merkt er! Wo jemand die Augen zu ihm hebt, den sieht er! Wo nur ein bekümmertes Herz seufzt, das hört er!… Wenn man aber schon eine Schul hat, so soll sie hoch, schön, strahlend und würdig sein.

So dachte ich es mir auch gestern. Und plötzlich hörte ich ein Weinen! Ein leises und trauriges Weinen, süß und traurig und so seltsam ergreifend …

Wenn du spielst, kommen manchmal aus dem Klavier solche weinende Töne …

Und ich glaubte – Mameschi, die Wahrheit zu sagen, w o l l t e ich es glauben, und ich wandte mich absichtlich nicht um, um es möglichst lange glauben zu können – ich glaubte, daß das Weinen und Schluchzen aus der alten Schul kommt … daß dort drinnen, in dunkelblauen Nebel gehüllt, die Seele der alten Schul sitzt und weint …

Und sie beklagt sich, daß die Sonne ihr unrecht tut …, daß sie ganze Garben ihres goldenen Lichtes auf das Kirchendach ausschüttet und ihr kaum einen Strahl gönnt … Sie wirft ihr am hellsten Mittag nur einen blassen Strahl wie ein Almosen zu … Und dieser Strahl gleitet über sie weg und stiehlt sich fort, wie verschämt!…

Aber es war n i c h t die Schul …

Es war ein kleines Mädchen … Es lag im Sande, suchte etwas und weinte …

Als ich mich umwandte, sah ich erst nur ihr abgetragenes Kleidchen wie einen dunkelgrauen Fleck auf dem gelben Sande und ein Paar ausgetretene Schuhe!

Und noch etwas sah ich …

Mameschi, ich schäme mich … es wird mir so warm … Stelle dir vor: eine Flut rote, ganz feuerrote Haare … Funken stoben aus ihnen …

»Was weinst du, Mädchen, und was suchst du im Sand?«

Ihre Mutter hatte sie etwas kaufen geschickt und ihr ein Zehnerl mitgegeben. Jemand stieß sie im Vorbeigehen an, und das Zehnerl fiel in den Sand … Darum weint sie …

Ich – wenn ich Gott weiß was verloren hätte, ich täte nicht weinen!

Ich frage sie: »Wars ein großer Zehner oder ein weißes Zehnerl?«

»Ein weißes!« sagt sie und wendet sich nach mir gar nicht um.

»Ich will dir suchen helfen,« sage ich.

Ich bücke mich, tue so, als ob ich suchte, und finde ihr ein weißes Zehnerl.

»Hier hast du es!«

Sie sprang vor Freude auf und warf sich mit einem Ruck des Kopfes die rote Haarflut in den Nacken … Und unter den Haaren kam wie unter einer Wolke ein kleines alabasterweißes Gesichtchen zum Vorschein … Und Augen waren darin, Mameschi, Augen …

Nein, Mameschi, die Augen kann ich nicht beschreiben!…

So viel Freude leuchtete in ihnen ...

Die ganze Nacht träumte ich von diesen Augen, die ganze Nacht ...

Das ist mein ganzes Geheimnis, Mameschi!

Du lächelst?

Lache nicht, Mameschi! Die Augen vergesse ich niemals ...

Mameschi ...

Darf ich wieder einmal in die Schreinergasse gehen, mir wieder ... die alte Schul anschauen?...

Bonze Schweig

Hier auf d i e s e r Welt machte Bonze Schweigs Tod gar keinen Eindruck! Man kann lange fragen, w e r Bonze Schweig war, w i e er lebte, w o r a n er starb: ob ihm das H e r z barst, ob ihm die Kräfte ausgingen, ob ihm unter einer schweren Last das Rückgrat brach ... Wer weiß? Vielleicht starb er gar vor Hunger ...

Wenn ein Trambahnpferd stürzt, macht das schon viel mehr Eindruck: die Zeitungen berichten darüber, Hunderte von Menschen rennen aus allen Gassen herbei, um das gefallene Pferd oder nur die Stelle, wo sich der Unfall ereignete, zu sehen ... Doch auch dem Trambahnpferde wäre diese Ehre nicht zuteil, wenn es ebenso viele Millionen Trambahnpferde gäbe wie Menschen.

Bonze hat still gelebt und ist still gestorben. Wie ein Schatten glitt er durch u n s r e Welt.

Bei Bonzes Beschneidungsfeier trank man keinen Wein, klirrten keine Becher. Bei seiner Bar-Mizwa hielt er keine wohlgesetzte Rede ... Er lebte wie ein farbloses Sandkörnchen am Meeresufer unter Millionen seinesgleichen. Und als der Wind das Sandkörnchen aufhob und auf das andre Ufer des Meeres hinübertrug, merkte es niemand.

Solange er lebte, behielt der Straßenschmutz keine einzige Spur seiner Füße. Und als er begraben war, warf der Wind die kleine Holztafel auf seinem Grabe um. Die Frau des Totengräbers fand später das Brettchen weit vom Grabe liegen, machte Feuer damit und kochte darauf ihre Kartoffeln ... Drei Tage nach Bonzes Tode wußte der Totengräber nicht mehr, wo er ihn beerdigt hatte!

Hätte Bonze ein richtiges Grabmal gehabt, so wäre es möglich, daß hundert Jahre nach seinem Tode Altertumsforscher den Grabstein gefunden hätten; dann wäre Bonze Schweigs Namen noch einmal in u n s r e r Luft erklungen.

Ein Schatten! In keinem Menschenherzen, in keinem Menschenhirn blieb Bonze Schweigs Bild zurück. Nichts erinnert an ihn. Elend gelebt, elend gestorben!

Wenn nicht der ewige Straßenlärm, so hätte vielleicht jemand gehört, wie Bonze Schweigs Rückgrat unter den schweren Lasten knackte; hätte die Welt mehr Zeit gehabt, so hätte vielleicht jemand bemerkt, daß Bonze Schweig erloschene Augen und furchtbar eingefallene Wangen hatte, daß er, selbst wenn er keine Last auf dem Rücken schleppte, immer den Kopf gesenkt hielt, als ob er sich schon bei Lebzeiten ein Grab suchte. Und wenn es nur ebensoviel Menschen gäbe wie Trambahnpferde, so hätte vielleicht doch jemand gefragt: was ist aus Bonze Schweig geworden?!

Als man Bonze Schweig ins Spital brachte, blieb seine Schlafstelle im Keller nicht leer: zehn seinesgleichen warteten schon auf seinen Winkel, den sie untereinander versteigerten. Als man ihn aus dem Spitalbette hob und in die Leichenkammer brachte, warteten auf sein Bett schon zwanzig andre arme Kranke ... Und als man ihn aus der Leichenkammer hinaustrug, brachte man zwanzig Leichen herein, die man unter einem eingestürzten Hause herausgeholt hatte ... Wer weiß, wie lange er in seinem Grabe bleiben darf, wer weiß, wieviel Tote auf das kleine Fleckchen Erde warten ...

Still geboren, still gelebt, still gestorben und noch stiller begraben . . .

Ganz anders war es aber auf j e n e r Welt! Dort machte Bonze Schweigs Tod einen gewaltigen Eindruck.

Die große Posaune, die dereinst auf Erden bei Messias' Ankunft erklingen wird, verkündete in allen sieben Himmeln: Bonze Schweig ist im H e r r n e n t s c h l a f e n ! Die vornehmsten Engel mit den breitesten Flügeln flogen durch den Himmel und riefen einander zu: Bonze Schweig ist zu den himmlischen Scharen einberufen worden! Und im Paradiese war eitel Freude, ein Singen und Rauschen: Bonze Schweig! Das ist doch wirklich kein Spaß!

Junge Engel mit diamantenen Augen, goldenen, filigran gearbeiteten Flügeln und silbernen Pantöffelchen flogen und liefen ihm freudejauchzend entgegen! Das Rauschen der Flügel, das Klappern der Pantöffelchen, das fröhliche Lachen der jungen, frischen, rosigen Engel klang durch alle Himmel und drang bis vor den Thron der Göttlichen Majestät. Und Gott selbst wußte schon auch, daß Bonze Schweig kommt!

Vater Abraham stellte sich vor der Himmelstür auf, die rechte Hand zu einem gar freundlichen Willkommengruß ausgestreckt, ein süßes Lächeln auf seinem strahlenden Greisenantlitz.

Was rollt da durch den Himmel?

Zwei Engel rollen einen goldenen Großvaterstuhl ins Paradies. Er ist für Bonze Schweig.

Was hat eben so hell aufgeblitzt?

Eine goldene Krone, mit den teuersten Edelsteinen besetzt, wurde soeben vorbeigetragen: alles für Bonze!

»Noch vor dem Urteilsspruche des Himmlischen Gerichtshofes?« fragen die Gerechten etwas verwundert und nicht ohne Neid.

»Ach!« antworten die Engel, »die Verhandlung wird nur eine leere Formalität sein! Selbst der Ankläger wird nicht wissen, was gegen Bonze Schweig vorzubringen wäre. Der ganze Prozeß wird höchstens fünf Minuten dauern!«

»Ihr wagt es, über Bonze Schweig die Nase zu rümpfen?«

Als die jungen Engel Bonze in der Luft abfingen und ihm eine Hymne sangen; als Vater Abraham ihm wie ein alter Kamerad die Hand drückte; als man ihm sagte, daß für ihn im Paradies bereits ein Sessel stehe, daß man für ihn eine Krone vorbereitet habe, daß am Himmlischen Gerichtshofe über ihn fast kein Wort fallen würde, – da tat Bonze Schweig dasselbe, was er bei Lebzeiten tat: er s c h w i e g vor Schreck. Das Herz stand ihm still. Er war überzeugt, daß das Ganze ein Traum sei oder eine Verwechslung.

Er war an beides gewöhnt: mehr als einmal träumte er auf jener Welt, daß er vom Boden Geld aufliest, ganze Berge Geld; und wenn er erwachte, war er womöglich noch ärmer als zuvor. Mehr als einmal lächelte man ihm aus Versehen zu, und als man merkte, daß es eine Verwechslung war, wandte man sich weg und spie aus …

»Ich habe schon einmal so ein Glück!« denkt er sich.

Er fürchtet die Augen aufzuheben, damit der Traum nicht verschwinde: er wird noch in irgendeinem Loche unter Schlangen und Skorpionen erwachen. Er fürchtet, auch nur ein Wort zu sagen, auch nur ein Glied zu rühren, daß man ihn nicht erkenne und zum Teufel jage …

Er zittert und hört nicht die Komplimente der Engel; er sieht nicht, wie sie ihren Reigen um ihn tanzen; er antwortet nicht auf Vater Abrahams Willkommengruß, und als man ihn vor den Himmlischen Gerichtshof bringt, sagt er nicht Guten Tag.

Er ist vor Schreck ganz außer sich!

Und sein Schreck wird noch größer, als sein Blick unwillkürlich auf den Fußboden des Verhandlungssaales fällt: nichts als Alabaster und Diamanten! »Auf solchem Fußboden stehen meine Füße!« sagt er sich ganz bestürzt. »Wer weiß, mit welchem vornehmen Herrn, mit welchem Rabbi, mit welchem göttlichen Manne sie mich verwechseln! Und wenn der Betreffende kommt, dann ist es aus mit mir!«

Vor Schreck hört er nicht einmal, wie der Gerichtspräsident verkündet: »Der Fall Bonze Schweig!« und sich dann an den Fürsprech wendet, indem er ihm die Akten übergibt: »Lies, doch mach es kurz!«

Der ganze Saal dreht sich um Bonze im Kreise herum; es rauscht ihm in den Ohren, und durch das Rauschen hindurch unterscheidet er allmählich die Stimme des himmlischen Fürsprechs, süß wie eine Geige:

»Sein Name paßte ihm, wie ein von einem genialen Schneider gefertigtes Kleid auf einen schlanken Menschenleib …«

»Was redet er da?« fragt sich Bonze, und er hört, wie eine ungeduldige Stimme den Fürsprech unterbricht:

»Bitte, ohne Gleichnisse!«

»Er klagte niemals,« fährt der Fürsprech fort, »weder über Gott noch über die Menschen. In seinen Augen leuchtete niemals ein Funken des Hasses, und er hob sie kein einziges Mal mit einem Vorwurf gen Himmel ...«

Bonze versteht wieder kein Wort, doch er hört, wie die harte Stimme von vorhin den Fürsprech wieder unterbricht:

»Ohne Rhetorik!«

»Hiob hielt es nicht aus, doch er war unglücklicher als Hiob ...«

»Bitte, Tatsachen, nackte Tatsachen!« unterbricht der Präsident noch ungeduldiger.

»Mit acht Tagen wurde er beschnitten ...«

»Bitte, ohne realistische Details!«

»Der Operateur war ein Pfuscher, konnte das Blut nicht stillen ...«

»Weiter!«

»Doch er schwieg immer,« fährt der Fürsprech fort. »Er schwieg auch, als er mit dreizehn Jahren seine Mutter verlor und eine Stiefmutter bekam, eine Stiefmutter, böse wie eine Schlange ...«

»Meint er vielleicht doch mich?« denkt sich Bonze.

»Bitte, keine Verdächtigungen gegen dritte Personen!« grollt der Präsident.

»Sie kargte ihm jeden Bissen ab; sie gab ihm verschimmeltes Brot von vorgestern ... Sehnen statt Fleisch ... Und sie selbst trank währenddessen Kaffee mit Sahne ...«

»Zur Sache!« schreit der Präsident.

»Dafür geizte sie nicht mit Kniffen und Schlägen, und sein blau und braun unterlaufener Körper sah aus allen Löchern seiner schäbigen Kleider hervor ... Im Winter, beim größten Frost mußte er barfuß auf dem Hofe Holz spalten, und seine Knabenhände waren zu schwach, die Holzklötze zu schwer und das Beil zu stumpf ... Mehr als einmal renkte er sich dabei den Arm aus, mehr als einmal fror er sich die Füße wund, doch e r s c h w i e g immer. Selbst vor dem Vater ...«

»Vor dem Trunkenbold!« ruft lachend der Ankläger dazwischen, und Bonze überläuft es kalt.

»... klagte er niemals,« beendet der Fürsprech seinen Satz. »Und immer elend, immer allein ... keine Freunde, keine Schule, kein einziges ganzes Gewand ... keine Minute freie Zeit ...«

»Tatsachen!« ermahnt wieder der Präsident.

»Er schwieg auch, als sein betrunkener Vater ihn einmal bei den Haaren packte und mitten in der Nacht, in einer Winternacht, aus dem Hause hinauswarf! Er erhob sich still aus dem Schnee und ging, wohin ihn die Füße trugen ...

»Er schwieg auch auf seiner Wanderung, und selbst beim größten Hunger bettelte er nur mit den Augen.

»Erst in einer schwindligen, feuchten Frühlingsnacht erreichte er die Großstadt. Er verschwand in ihr sofort wie ein Wassertropfen im Meere, und doch verbrachte er gleich die erste Nacht im Arrest ... Er schwieg und fragte nicht, warum und wofür. Und als er aus dem Arrest herauskam, suchte er sich gleich die schwerste Arbeit. Und schwieg!

»Viel schwerer, als die Arbeit selbst, war es für ihn, Arbeit zu finden. Doch er schwieg!

»In kaltem Schweiß gebadet, unter der schwersten Last zusammenbrechend, von Krämpfen im leeren Magen geplagt, schwieg er!

»Von fremden Rädern mit Kot bespritzt, von fremden Mündern bespien, mit der schwersten Last auf dem Rücken vom Bürgersteige auf die Straße gestoßen, zwischen Droschken, Equipagen und Trambahnen gejagt, jeden Augenblick den Tod vor Augen, – schwieg er!

»Er rechnete niemals nach, wieviel Zentner Last auf den Pfennig seines Lohnes kamen, wie oft er bei einem Gange, für den er einen Dreier bekam, zusammenbrach; wie oft er beinahe die Seele ausspie, wenn er seinen Lohn mahnte. Er rechnete niemals nach, weder den eigenen noch den fremden Verdienst – er schwieg!

»Seinen Lohn mahnte er niemals laut: er stand wie ein Bettler vor der Tür und bettelte wie ein Hund mit den Augen. ›Komm später!‹ – und er verschwand stumm wie ein Schatten, um ›später‹ noch stummer um seinen Lohn zu betteln!

»Er schwieg sogar, wenn man von seinem Lohn etwas abschwindelte oder ihm eine falsche Münze gab! Er schwieg immer!…«

»Man meint also doch mich!« tröstet sich Bonze.

Der Fürsprech nimmt einen Schluck Wasser und fährt fort: »Einmal kam in sein Leben eine neue Wendung. Eine Equipage auf Gummirädern raste durch die Straße: die Pferde waren durchgegangen, und der Kutscher lag schon längst mit zerschmettertem Schädel irgendwo auf dem Pflaster … Aus den Mäulern der erschrockenen Pferde spritzt Schaum, unter ihren Hufen stieben Funken, ihre Augen funkeln wie glühende Kohlen in finsterer Nacht … Und in der Equipage sitzt mehr tot als lebendig ein Mensch …

»Und Bonze hielt die rasenden Pferde auf!

»Der Gerettete war ein Jude, ein bekannter Wohltäter, und er vergaß Bonzes Tat nicht!

»Er übergab ihm die Peitsche des getöteten Kutschers, und Bonze wurde Kutscher. Er tat noch mehr: er verheiratete ihn; und noch mehr: er versorgte ihn sogar gleich mit einem Kinde …

»Und Bonze schwieg immer!«

»Er meint mich!« sagt sich Bonze. Er zweifelt nicht mehr, und doch wagt er noch immer nicht, einen Blick auf den Himmlischen Gerichtshof zu werfen. Und er hört, wie der Fürsprech fortfährt:

»Er schwieg auch, als sein Wohltäter bald darauf seine Zahlungen einstellte und auch ihm, Bonze, den Lohn vorenthielt …

»Er schwieg, als seine Frau von ihm weglief und ihm ein Brustkind zurückließ …

»Er schwieg sogar, als fünfzehn Jahre später dieses selbe Kind, das inzwischen groß und stark geworden war, ihn, seinen Vater, aus dem Hause hinauswarf …«

»Mich meint er, mich!« freut sich Bonze.

»Er schwieg,« fährt der Fürsprech weicher und trauriger fort, »als dieser selbe Wohltäter mit allen Gläubigern Vergleich schloß und nur ihm keinen Pfennig von seinem Lohn bezahlte; und selbst dann, als er, wieder einmal in einer Equipage mit Gummirädern und löwengleichen Pferden dahinrasend, ihn, Bonze Schweig, überfuhr!…

»Er schwieg immer! Auf der Polizei sagte er nicht einmal, wer ihn überfahren hatte …

»Er schwieg auch im Spital, wo man doch s c h r e i e n darf!

»Er schwieg, als der Doktor sich weigerte, anders als gegen Bezahlung von fünfzig Kopeken zu seinem Bette zu gehen; als der Krankenwärter ohne fünf Kopeken ihm die Wäsche nicht wechseln wollte!

»Er schwieg in der Agonie, er schwieg im Sterben …

»Kein Wort gegen Gott, kein Wort gegen Menschen!

»*Dixi!*«

Bonze fängt wieder an am ganzen Leibe zu zittern. Er weiß, daß nach dem Fürsprech der Ankläger das Wort hat. Wer weiß, was d e r sagen wird! Bonze hat von seinem ganzen Leben nichts im Gedächtnisse behalten. Auch auf jener Welt vergaß er jede Minute schon in der nächsten Minute … Der Fürsprech hatte ihm alles in Erinnerung gebracht. Wer weiß, woran ihn der Ankläger erinnern wird!

»Meine Herren!« fängt der Ankläger mit scharfer, stechender, sengender Stimme an.

Er kommt nicht weiter.

»Meine Herren!« beginnt er von neuem, schon viel weicher, und stockt wieder.

Schließlich erklingt aus dem gleichen Munde eine beinahe milde Stimme:

»Meine Herren! E r schwieg, also will auch ich schweigen.«

Es wird still, und es erklingt eine neue, weiche, zitternde Stimme:

»Bonze, mein Kind Bonze!« klingt es wie eine Harfe: »Mein Herzenskind Bonze!«

In Bonze schluchzt das Herz … Er möchte jetzt die Augen aufschlagen, sie sind aber von Tränen geblendet … So süß und traurig zugleich war es ihm noch niemals ums Herz. »Mein Kind!« – seit dem Tode seiner Mutter hat er noch nie eine solche Stimme und solche Worte gehört.

»Mein Kind!« fährt der Allbarmherzige Vater des Gerichts fort. »Du schwiegst immer! Du hast kein einziges Glied, keinen einzigen Knochen in deinem Leibe, der nicht wundgeschlagen wäre; es ist keine noch so verborgene Stelle in deiner Seele, die nicht blutete … Und du schwiegst immer …

»Dort verstand sich niemand darauf; vielleicht wußtest du sogar selbst nicht, daß du schreien kannst und daß vor deinem Schreien die Mauern Jerichos erzittern und einstürzen würden? Du wußtest nichts von der Kraft, die in dir schlummerte …

»Auf jener Welt wurde dein Schweigen nicht belohnt. Doch jene Welt ist die Welt der Lüge. Hier, auf der Welt der Wahrheit, wirst du deinen Lohn bekommen!

»Dich wird der Himmlische Gerichtshof nicht richten, über dich wird er keinen Spruch fällen.

»Dir wird er nichts zuteilen und nichts zumessen: nimm dir, was du willst! A l l e s ist dein!«

Bonze hebt zum erstenmal die Augen. Das Licht, das von allen Seiten auf ihn eindringt, blendet ihn. Alles blitzt, alles glänzt und funkelt, von allen Seiten schießen Strahlen; von den Wänden, von den Geräten, von den Engeln und von den Richtern.

Und er läßt die müden Augen wieder sinken.

»Ist es wahr?« fragt er ungläubig und verschämt.

»Gewiß!« antwortet sehr bestimmt der Vater des Gerichts. »Ich sage dir ja: alles ist dein! Alles im Himmel gehört dir! Wähle und nimm dir, was du willst: denn du nimmst nur von dem, was dir gehört!«

»Ist es wahr?« fragt Bonze wieder, doch schon etwas sicherer.

»Gewiß! Gewiß! Gewiß!« versichert man ihn von allen Seiten.

»Nun, wenn so,« sagt Bonze lächelnd, »so will ich jeden Morgen eine warme Semmel mit frischer Butter!«

Richter und Engel schlagen verschämt die Augen nieder. Der Ankläger beginnt zu lachen.

Neïlo in der Hölle

An einem ganz gewöhnlichen Tage, es war weder Jahrmarkt noch Wochenmarkt, hörten die Marktleute plötzlich Pferdegetrabe und sahen in der Ferne den Straßenkot aufspritzen. Bald zeigte sich auch eine Kutsche mit einem Pferde. Wer kann da gefahren kommen? Doch als die Kutsche auf dem Marktplatze anlangte, wandten sich alle Leute voller Abscheu, Angst und Zorn weg: in der Kutsche saß der Angeber aus der Nachbarstadt, der wohl direkt in die Hölle fuhr. Wer weiß, wen er diesmal bei den Behörden angeben wird!

Plötzlich wird es still, die Leute schauen unwillkürlich hin: die Kutsche ist stehengeblieben, das Pferd hat den Kopf gesenkt und säuft aus einer Pfütze, und der Angeber ist von seinem Sitz heruntergefallen und liegt unbeweglich da.

Es ist ja immerhin eine Menschenseele! Die Leute laufen hinzu: der Mann ist tot. Der Feldscher bestätigt: »Der ist erledigt!« Angestellte der Beerdigungsbrüderschaft nehmen sich der Leiche an. Pferd und Wagen werden verkauft, und mit dem Erlös werden die Beerdigungskosten bestritten.

Kaum ist er beerdigt, als die Teufel seine Seele packen, sie nach der Hölle schleppen und dort dem Torbeamten übergeben. Der Angeber wird für eine Weile beim Höllentor aufgehalten, und der Beamte, der die Bücher und Eingänge und Ausgänge führt, nimmt gelangweilt und gähnend seine Personalien auf und trägt alles mit träger Hand in sein Buch ein.

Und der Angeber, dessen ganzer Einfluß in der Hölle nichts mehr wert ist, gibt Antwort: Da und da geboren, da und da geheiratet, soundso lange sich vom Schwiegervater aushalten lassen, dann von Frau und Kindern entlaufen, in die und die Stadt verzogen und den Beruf eines Angebers ergriffen, von dem er auch so lange lebte, bis sein Maß voll wurde. Er starb plötzlich auf der Durchreise, auf dem Marktplatze der Stadt Lahadam.

Da wird der Höllenbeamte, der die Bücher führt, plötzlich interessiert. Er hält mitten im Gähnen an und fragt:

»Wie heißt die Stadt? La – ha – –«

»Lahadam!« wiederholt der Angeber.

Der Matrikelführer wird plötzlich rot, und seine Augen drücken höchstes Erstaunen aus.

»Habt ihr mal von einer solchen Stadt gehört?« wendet er sich an seine Gehilfen.

Die Gehilfen zucken die Achseln, schütteln die Köpfe und strecken die Zungen aus:

»Nein, noch nie!«

»Gibts überhaupt eine solche Stadt?«

Jede Gemeinde hat in der Hölle ihr eigenes Buch. Die Bücher sind alphabetisch geordnet, und jeder Buchstabe hat einen eigenen Schrank. Man nimmt also alle Bücher mit L durch: Lublin, Lemberg, Leipzig; alle Städte sind da, doch keine Stadt Lahadam!

»Und doch gibt es eine solche Stadt!« sagt der Angeber. »Eine Stadt in Polen.«

»Ist sie vielleicht ganz neu gegründet?«

»Nein, sie steht schon an die zwanzig Jahre da. Der Gutsbesitzer hat sie erbaut und zwei Jahrmärkte eingesetzt. Es gibt da eine Schule, ein Bethaus, ein Bad …, zwei heimliche Branntweinschenken …«

»Ist hier schon einmal wer aus Lahadam gewesen?« fragt der Matrikelführer noch einmal seine Gehilfen.

»Nein, niemand!« antworten sie.

»Sterben denn dort die Leute gar nicht?« fragt man den Angeber.

»Warum sollen sie nicht sterben?« antwortet er nach Judenart mit einer Frage. »Die Leute wohnen in kleinen, dumpfen Zimmern, das Bad ist so gebaut, daß man darin nicht atmen kann, das ganze Städtchen steht auf einem Sumpf!« Der Angeber fällt allmählich in seinen gewohnten Angeberton.

»Auch einen Friedhof gibt es dort. Die Beerdigungsbrüderschaft schindet furchtbar hohe Gebühren. Erst vor kurzem gab es da eine Seuche …«

Man schickt den Angeber in die entsprechende Abteilung der Hölle und fragt wegen des Städtchens Lahadam an höherer Stelle an; da muß etwas nicht in Ordnung sein: die Stadt steht seit zwanzig Jahren da; es hat dort sogar schon eine Seuche gegeben, und doch – kein einziger Toter von dort!

Die höhere Stelle schickt Boten hinauf, um der Sache nachzugehen: es stimmt! Und es verhält sich so: Es ist ein Städtchen wie jedes andere, mit wenig gottgefälligen Werken und sehr viel Sünden. Der böse Trieb arbeitet dort sogar recht energisch. Also, wo ist der Haken? Nun, sie haben eben in ihrer Gemeinde einen ganz ungewöhnlichen Vorbeter! Das heißt, der Vorbeter ist als Mensch durchaus gewöhnlich und unbedeutend, doch er hat eine Stimme, eine so süße, so himmlische Stimme, daß, wenn er singt, selbst die verstocktesten eisernen Herzen weich wie Wachs werden. Kaum steht er am Vorbeterpult, als die ganze Gemeinde ihre Sünden bereut und so aufrichtig Buße tut, daß oben alle Sünden vergeben und aus den Registern gestrichen werden. Und die Tore des Paradieses stehen allen Einwohnern von Lahadam weit offen. Wenn einer kommt und sagt: »Ich bin aus Lahadam«, so wird er gar nicht mehr weiter gefragt.

Die ganze Geschichte paßt der Hölle selbstverständlich gar nicht, und Satan selbst nimmt die Sache in die Hand. Er wird mit dem Vorbeter schon fertig werden! Was tut er? Er schickt auf die Erde hinauf und läßt sich einen lebenden kalikutischen Hahn mit rotem Kamm holen. Man bringt ihm bald den Hahn und stellt ihn vor ihn auf den Tisch. Der Hahn ist so erschrocken, daß er sich gar nicht rührt, und der Satan – verflucht sei sein Name! – setzt sich vor ihn hin, fängt ihn zu krauen an und starrt so lange und unverwandt auf seinen roten Kamm, bis dieser weiß wie Kalk wird. Wie der Satan fühlt, daß der Allmächtige oben in höchsten Zorn geraten ist, ruft er aus:

»Soll er seine süße Stimme verlieren bis zu seiner Sterbestunde!«

Wen er bei dieser Beschwörung meinte, wißt ihr selbst; und ehe noch der Kamm des kalikutischen Hahns wieder rot geworden war, hatte schon der Vorbeter von Lahadam seine Stimme verloren. Seine Kehle ist wie geschlagen; er kann kaum noch sprechen. Wer am Unglück die Schuld hat, weiß man schon; das heißt, einige Wunderrabbis wissen es. Wer hat aber den Mut, dem Vorbeter so etwas zu sagen? Es ist doch sowieso nichts mehr zu machen! Wenn der Vorbeter als Mensch noch irgendwie hervorragend wäre, so könnte man vielleicht durch Fürbitte im Himmel etwas erreichen. Aber er war eben ein durchaus unbedeutender Mensch, eine Null …

Der Vorbeter reist von einem Wunderrabbi zum andern, doch keiner kann ihm etwas sagen. Nun kommt er zum Rabbi von Opatow und gibt ihm keine Ruhe: er wird nicht fortgehen, bis er die Wahrheit erfahren hat. Es ist ein Jammer mit dem Menschen! Und der Rabbi versucht ihn zu trösten:

»Wisse, daß deine Heiserkeit nur bis zu deiner Sterbestunde anhalten wird. Dein Sterbegebet wirst du aber schon mit einer so klaren Stimme sprechen können, daß man es in allen Himmeln hören wird!«

»Und bis dahin?«

»Bis dahin ist die Sache hoffnungslos!«

Der Vorbeter bestürmt noch einmal den Rabbi:

»Wie ist das geschehen? Warum ist mir das geschehen?«

Und er plagt den Rabbi so lange, bis dieser ihm alles erzählt.

»Wenn so,« schreit der Vorbeter mit heiserer Stimme auf, »so werde ich mich schon rächen!« Und mit diesen Worten läuft er hinaus.

»Wie willst du dich rächen? Und an wem?« ruft ihm der Rabbi nach. Doch der Mann ist schon fort.

Das geschah an einem Dienstag; andre sagen – an einem Mittwoch. Und als am Donnerstag abend die Fischer von Opatow Fische zum Sabbat fangen wollten und ihr Netz herauszogen, so war das Netz auffallend schwer; und wie man es herauszog, lag darin der Vorbeter von Lahadam.

Er hatte sich von der Brücke ins Wasser gestürzt. Und wie er das Sterbegebet sprechen sollte, hatte er seine schöne Stimme, wie es ihm der Rabbi ganz richtig vorausgesagt hatte, wiederbekommen; denn der Satan hatte ausdrücklich bestimmt: »Bis zur Sterbestunde!« Doch als er ins Wasser sprang und sich ertränkte, hat er das Sterbegebet gar nicht gesprochen, sondern seine Stimme für später aufgehoben. Und das war seine Rache, wie ihr es gleich sehen werdet.

Wie es einem Selbstmörder geziemt, wird der Vorbeter sofort von den Teufeln gepackt und in die Hölle geschleppt. Beim Tore wird er wie üblich ausgefragt, aber er gibt keine Antwort. Man versucht, ihn mit einer glühenden Gabel zum Sprechen zu bringen, doch er schweigt.

»Nehmt ihn so!«

Man weiß doch auch so, wer er ist: man hatte ihn ja erwartet! Und man nimmt ihn »so« und führt ihn zu einem Kessel, der für ihn gerade heiß gemacht wird: sobald das Pech zu sieden anfängt, wird man ihn hineinwerfen. Doch der Vorbeter setzt sich plötzlich den Daumen an die Gurgel und beginnt den Kaddisch aus der Neïlo ...

Er singt, und seine Stimme klingt immer mächtiger und noch süßer, noch herzergreifender als je ... Und in den Kesseln, aus denen bisher ein Winseln und Jammern drang, wird es plötzlich still. Dann fallen Stimmen ins Gebet ein, verbrühte Köpfe heben die Deckel von den Kesseln, und versengte Lippen singen mit ...

Die Teufel, die bei den Kesseln stehen, beten nicht mit: sie sind vor Schreck wie gelähmt. Sie stehen – der eine mit einer Tracht Brennholz zum Nachlegen, der andre mit einem Schürhaken, der dritte mit einer eisernen Gabel in der Hand, mit aufgerissenen Mäulern, ausgestreckten Zungen, runden Augen und verzerrten Gesichtern und rühren sich nicht; andre sind vor Schreck umgefallen ... Während der Vorbeter in der Neïlo fortfährt, geht das Feuer unter den Kesseln allmählich aus, und die Toten kommen einer nach dem andern heraus.

Er singt, und die ganze Gemeinde betet voller Inbrunst mit; und während sie beten, verheilen die Brandwunden und überziehen sich mit neuer Haut, verbrannte Glieder wachsen nach, und alle Leiber sind wie geläutert ...

Und wie der Vorbeter zur Stelle kommt: »Gesegnet seiest du, Herr, der du die Toten lebendig machst!« – werden alle Toten wirklich lebendig, nehmen die Gestalt an, die sie vorher hatten, und rufen wie ein Mensch »Amen!« Und bei der Stelle: »Sein großer Name werde gepriesen in alle Ewigkeit!...« klingt es so laut, daß alle Himmel sich auftun und das Bußgebet der Sünder bis in den siebenten Himmel hinaufsteigt, bis zum Throne der Göttlichen Majestät. Und es ist gerade eine Stunde der Gnade, und alle Sünder, die nicht mehr Sünder sind, bekommen plötzlich Flügel und fliegen empor und finden die Tore des Paradieses weit geöffnet.

In der Hölle zurückgeblieben sind nur die vor Schreck erstarrten Teufel und der Vorbeter selbst. Wie bei Lebzeiten hatte er durch seine Stimme alle Herzen erweicht und zur Buße bekehrt, doch selbst nicht ordentlich Buße getan. Zudem war er ja auch ein Selbstmörder!

Mit der Zeit hat sich die Hölle wieder gefüllt ... Ich hörte sogar, daß man dort jetzt einen Erweiterungsbau aufführt ...

Reb Jojchenen Gabaj

Müde und abgespannt von seiner Arbeit in der Gemeinde kam Reb Jojchenen der Gabaj nach Hause. Schon in der Küche empfing ihn der Geruch von Speisen, von Fleisch und gekochten Äpfeln. Er trat schnell ins nächste Zimmer, wo ihm aber seine Frau Ssosche einen wenig freundlichen Empfang bereitete.

»Müßiggänger!« schrie sie ihm mit böser Stimme entgegen, als er sich auf der Schwelle zeigte.

»Warum schimpfst du?« fragte Reb Jojchenen, indem er sich auf eine Bank setzte, um auszuruhen.

»Er fragt noch, warum ich schimpfe! Immer bist du mit deinen Gemeindesachen beschäftigt; wann wirst du aber, du Müßiggänger, auch etwas für dich selbst tun?«

»Für mich?« fragte der Gabaj verwundert. »Was soll ich denn für mich tun? Unsere Kinder sind ja schon, Gott sei Dank, selbständig, und uns beiden fehlt gar nichts ... Was soll ich also tun?...« Er sieht sich in der Stube um und fügt hinzu: »Das Bett ist auch ohne mich gebettet, das Geschirr ist auch ohne meine Hilfe gewaschen; ich habe die Wände nicht einmal angerührt, und doch sehe ich an ihnen keine Spur von Spinnweben. Auch der Tisch ist schon gedeckt, das Tischtuch ist schneeweiß, die Bestecke funkeln wie aus Gold. Ich seh auch die Rettichspeise auf dem Tisch, geriebenen Meerrettich, ein Fläschchen Branntwein ...«

»Hör schon auf mit deinen Sprüchen und geh dich waschen!«

»Nein, Ssosche, ich werde mich nicht eher waschen, als du selbst zugeben wirst, daß ich recht habe. Hier zu Hause habe ich nichts zu versorgen, dafür aber im Bethause um so mehr; denn wer wird sich um alle die Sachen kümmern, wenn nicht ich? Vielleicht Joßke der Krämer, der nicht einmal zum Essen Zeit hat? Oder Jechijel der Dorfhausierer, der schon am Sabbatabend, gleich nach dem Hawdolo-Gebet das Haus verläßt und erst am Freitag gegen Abend heimkommt? Oder gar Ruben der Geldverleiher, der den ganzen Tag herumrennt, um bei den armen Leuten einige Groschen Zinsen einzusammeln? Oder gar einer von den armen Handwerkern, die schwer arbeiten müssen, um sich ihren Lebensunterhalt zu verdienen?«

»Laß gut sein, ich bin nicht mehr böse ...«

»Macht nichts. Ich weiß, daß du mir nicht mehr böse bist. Ich will dir aber noch beweisen, daß ich auch für mich selbst sorge. Schau mich an, Ssosche, sieh meinen weißen Bart und meine weißen Schläfenlocken. Ich bin nicht mehr jung ... Also muß ich mich auf eine weite Reise vorbereiten ...«

»Auf eine Reise? Auf was für eine Reise?« fragt Ssosche verwundert. Sie begreift aber sofort selbst, was er damit meint, und ruft erschrocken aus: »Um Gottes willen, sprich nicht davon! Gott behüte!...«

»Brauchst keine Angst zu haben, Ssosche. Du bist ja auch älter als zwanzig Jahre ... Und was werden wir beide antworten, wenn man uns dort oben fragt, was wir auf d i e s e r Welt getan haben? Daß wir hier aßen und tranken? Und was wird der liebe Gott dazu sagen? Du wirst noch wenigstens vorbringen können, daß du dich am Verein für die Ausstattung armer Bräute betätigt hast ...«

»Sprich nicht davon!« bittet Ssosche. Sie fürchtet, daß dadurch ihr Lohn im Jenseits beeinträchtigt werden könne.

»Darum will ja auch ich etwas Gutes tun ...«

»Sehr gut. Sehr gut. Tu, was du willst. Geh dich aber endlich waschen!«

»Nur noch eines,« fährt der Gabaj fort: »Erinnerst du dich noch an dein seidenes Brautkleid mit den silbernen Streifen?«

»Ob ich mich daran erinnere!«

»Würdest du es nicht dem Bethause stiften, damit man daraus einen Vorhang für den Thoraschrein macht?«

»Sehr gerne! Ich will es sofort heraussuchen ...«

»Wart, Ssosche, ich hab es schon selbst genommen, und es hängt bereits vor dem Thoraschrein!«

»Du Dieb!« sagt Ssosche lächelnd.

Nun wäscht sich Reb Jojchenen endlich die Hände und setzt sich an den Tisch. Er ißt mit großem Appetit, spricht das Tischgebet und legt sich schlafen.

Reb Jojchenen der Gabaj schlief bald ein, und seine Seele flog in den Himmel hinauf und verzeichnete dort im Buche seiner Verdienste:

»Ich, Jojchenen, Sohn der Sarah, war heute den ganzen Tag mit heiliger Arbeit beschäftigt. Ich sagte mir: Ich und mein Weib Ssosche wohnen in einem schönen Hause, während das Gotteshaus baufällig ist und ausgebessert werden muß. Darum mietete ich Handwerker und ließ das Bethaus ausbessern. Heute brachte man zwei neue Bänke und einen neuen Tisch ins Gotteshaus. Ich ließ auch den Fußboden reinigen, die Wände und alle Möbel und Geräte putzen. Vor dem Vorbeterpult an der Ostwand habe ich einen neuen Leuchter angebracht. In der Kasse des Bethauses waren im ganzen fünfundvierzig Rubel. Um alles zu bezahlen, mußte ich aus meiner eigenen Tasche sechs Rubel und vierundachtzig Kopeken dazulegen. Für Rechnung meiner Frau Ssosche stiftete ich einen seidenen Vorhang für den Thoraschrein; sie ist außerdem auch im Verein für die Ausstattung armer Bräute tätig. Der liebe Gott möge es ihr für ihr Seelenheil anrechnen! Mit der Ausbesserung des Bethauses ist man heute fertig geworden. Und ich habe dem Schuldiener strengstens verboten, jemanden ins Bethaus zum Übernachten einzulassen. Das Gotteshaus soll nicht mehr die Schlafstube für fremde Bettler sein. Der Schuldiener muß von nun an das Haus jeden Abend absperren ...«

Reb Jojchenens Seele schrieb noch weiter, als in den Himmel eine andre Seele geflogen kam und in ihr Buch folgendes eintrug:

»Ich, Berl, Sohn der Judith, bin schon siebzig Jahre alt. Solange ich noch die Kraft dazu hatte, verdiente ich mein Brot durch meiner Hände Arbeit. Jetzt, da ich alt und schwach bin und nicht mehr arbeiten kann, muß ich bei fremden Leuten betteln. Anfangs ging es mir nicht schlecht. Die Leute kannten mich, und ich hatte immer zu essen. Doch mit der Zeit wurden sie meiner überdrüssig und gaben mir immer seltener Almosen. Oft schenkte man mir ein so trockenes Stück Brot, daß ich es mit meinen alten Zähnen gar nicht zerbeißen konnte. Ich sah ein, daß ich, wenn ich in meiner Stadt bleibe, Hungers sterben müsse. Darum verließ ich die Stadt und kam her. Es ist heute sehr kalt, und ich wollte ins Bethaus gehen, um da zu übernachten, wie es in allen jüdischen Städten Sitte ist. Doch der Schuldiener versperrte die Tür und ließ mich nicht hinein. Der Gabaj hätte ihm gesagt, er solle niemanden zur Nacht ins Bethaus einlassen; denn das Gotteshaus sei keine Herberge ... Jetzt schlafe ich unter freiem Himmel, und die Kälte frißt das Mark meiner alten Knochen. Ich bin hungrig und friere ... Nun frage ich dich, du Herr der Welt: Wer braucht das Bethaus nötiger: d u oder i c h ?«

Und es erklang eine Stimme vom Himmel: »Beide sollen sofort vor dem höchsten Gerichtshofe erscheinen!«

Und am nächsten Morgen fand man tot: Reb Jojchenen den Gabaj in seinem Bette und einen alten Bettler erfroren auf der Straße neben dem Bethause ...